Jakob Heinrich von Hefner-Alteneck, Karl Anton

Kunst-Kammer seiner koeniglichen Hoheit des Fürsten Karl Anton von

Hohenzollern-Sigmaringen

Jakob Heinrich von Hefner-Alteneck, Karl Anton

Kunst-Kammer seiner koeniglichen Hoheit des Fürsten Karl Anton von Hohenzollern-Sigmaringen

ISBN/EAN: 9783742849427

Hergestellt in Europa, USA, Kanada, Australien, Japan

Cover: Foto ©Andreas Hilbeck / pixelio.de

Manufactured and distributed by brebook publishing software (www.brebook.com)

Jakob Heinrich von Hefner-Alteneck, Karl Anton

Kunst-Kammer seiner koeniglichen Hoheit des Fürsten Karl Anton von

Hohenzollern-Sigmaringen

Kunst-Kammer

Seiner Koeniglichen Hoheit
des Fürsten

Karl Anton

von Hohenzollern-Sigmaringen

von J. H. v. Hefner-Alteneck.

Friedrich Bruckmanns Verlag.

München 1866

H. von Hefner-Alteneck del.   H. Petersen sc.

VORWORT.

Durch den allgemeinen Fortschritt geistiger Bildung in neuerer Zeit ergab sich immer mehr die Nothwendigkeit, Werke zu veröffentlichen, welche mit gewissenhafter Treue durch Bild und Wort die Kunstschöpfungen der früheren Perioden vor Augen führen und ihren Zusammenhang mit dem menschlichen Leben nachweisen.

Dadurch veranlasst begann der Verfasser mit dem Jahre 1840 eine Reihenfolge von Werken herauszugeben, deren Zweck es ist, die Kunst des Mittelalters in ihren Erscheinungen und Abstufungen als geistigen Ausdruck des Lebens oder als Spiegel der Geschichte darzustellen.

Den Anfang machten seine „Trachten des christlichen Mittelalters nach gleichzeitigen Kunstdenkmalen", welche durch Kleidung, Bewaffnung und Schmuck die nächste Umgebung des Menschen vorführen. Eine spätere Arbeit „Die Kunstwerke und Geräthschaften des Mittelalters" zeigt die ferner stehende Umgebung zum Nutzen und zur Zierde profaner und kirchlicher Zwecke.

Dem letzteren ist dieses hier vorliegende Werk sehr verwandt, wiewohl es nichts aus demselben wiederholt und dabei noch besondere Richtungen verfolgt; auch führen wir es bis zu Ende des 17. Jahrhunderts fort, wo sich erst die letzten Spuren mittelalterlicher Kunst verlieren, während das andere mit dem 16. Jahrhundert abschliesst.

Wir nennen es „Kunstkammer" und bezeichnen damit einen Theil der reichen fürstlichen Sammlungen im Schlosse zu Sigmaringen.

Kunstkammern befanden sich auf alten Burgen und Schlössern, in welchen man nicht nur Kunstwerke, sondern auch Merkwürdigkeiten aller Art zur Ehre und Zierde des Hauses wie zur Unterhaltung der Gäste aufstellte, ohne dass man dabei viel an wissenschaftliche oder künstlerische Zwecke

PRÉFACE.

Le progrès général de la civilisation dans les temps modernes a fait sentir l'utilité et même le besoin d'ouvrages qui, joignant l'image au texte, retraçassent aux yeux avec une scrupuleuse exactitude les créations de l'art des époques passées et fissent voir les rapports de ces créations avec la vie de l'homme.

C'est sur ces motifs que l'auteur commença en 1840 la publication d'une série d'ouvrages dont le but est de représenter l'art du moyen-âge dans ses productions diverses et graduelles comme étant l'expression figurée de la vie ou un reflet de l'histoire. Cette série d'ouvrages fut ouverte par celui qui traite des „Costumes du moyen-âge chrétien d'après les monuments contemporains" où nous voyons se reproduire l'entourage de l'homme dans l'habillement, l'armure et la parure. Un autre traité qui suivit de près le premier nous montre les „Oeuvres d'art, les meubles et les ustensiles du moyen-âge", destinés à divers usages ou à l'ornement d'objets sacrés ou profanes.

Ce dernier traité offre beaucoup d'analogie avec le présent ouvrage qui, loin d'en être une répétition, poursuit une tendance toute particulière. De plus, le nouvel ouvrage que nous venons aujourd'hui offrir au public s'étend jusqu'à la fin du 17e siècle où commencent à se perdre les dernières traces de l'art du moyen-âge, tandis que l'ouvrage précédent finit avec le 16e siècle.

Nous l'intitulons „Musée d'objets d'art", voulant désigner par là une partie des riches collections des Princes de Sigmaringen au château du même nom.

Chaque vieux manoir, chaque château avait son Musée où se trouvaient exposées pour la gloire de ses habitants et l'amusement de ses hôtes non-seulement des oeuvres d'art, mais des raretés de toute sorte, sans autre but scientifique ou artistique. Mais même au point de

1

et vom damaligen Stand-
ance eines angesehenen
en Namen, der sich eine
verbannen.

stkammer oder vielmehr
enschaft hat dabei nicht
chuldigt, welche nur in
seltene Dinge zu besitzen,
ann, ihren Genuss finden,
Schätze der Welt nützen,
Absicht, durch Anlage
schaft und Industrie zu

Lehrreiche die Hauptrolle
erke alter Kunst daselbst,
verthvollsten Perlen der
llem Werthe wetteifern.
aber nicht damit, dass
en der Vorzeit schöpfen,
ndern gedachte auch die
elches er selbst so warm
thätig wirken zu lassen.
schen und litterarischen
gen durch treue Abbild-
g in Kunst- und Pracht-
s verbreiten sollen. So
as Burgkmaiers Turnier-
en, in gemalter Ausgabe
und erlaubte demselben
in seine frühere Werke
fürstlichem Aufträge das
les römisch germanischen
chnitt, welches den vor-
stlichen Sammlung mit
stgeräthschaften, mit dem
h bis in das 17. Jahr-
de die Bearbeitung und
es dem Verfasser dieser

i herausgegeben von J. H.
ler Frankfurt a. M. 1853.

elalters nach gleichzeitigen
Altenek. Heinrich Keller
: und 87 Johann Nikolau-
ozollern nach Pergament-

a Mittelalters von C. Becker
ich Keller Frankfurt a. M.
Handzwehle, welche der
zu Hohenzollern in Aachen
chung darreichte. Band II
Band III Taf. 24 ein email-

ser der fürstlich Hohenzol-
von Ludwig Lindenschmit.

vue de l'époque ces collections ne contribuaient pas peu
à relever l'éclat d'une illustre famille.

L'illustre fondateur du Musée de Sigmaringen pour
les arts et les sciences avait en vue autre chose que de
sacrifier à la mode, à l'instar de certaines gens riches
qui font consister toute leur jouissance à posséder des
objets précieux et rares qu'un autre ne peut avoir, sans
se soucier de leur utilité pour le monde. Mais en tra-
vaillant à cette collection, c'était avant tout son intention
d'en faire profiter l'art, la science et l'industrie.

A côté du beau et de l'utile qui jouent ici le premier
rôle, se trouvent beaucoup d'oeuvres de l'art ancien qui,
pour la valeur intrinsèque, le disputent aux pièces les
plus précieuses des plus grands musées.

Bien plus, ce noble prince ne se contenta pas de
faire profiter de ces trésors des époques passées ceux
qui viennent visiter Sigmaringen, mais il pensa aussi à
faire rayonner dans les pays lointains le beau et l'utile
de l'art dont il a lui-même un sentiment si exquis. Dans
cette vue, il se mit à la recherche de talents artistiques
et littéraires qu'il chargea du soin de publier ses collections en copies fidèles, accompagnées de descriptions
savantes et critiques.

C'est ainsi que déjà en 1853 il fit publier par
l'auteur du présent ouvrage une édition coloriée du
Livre des tournois de Hans Burgkmaier*), la perle de
ses collections d'anciens livres illustrés. De plus, le même
auteur reçut de lui l'autorisation d'enrichir ses premiers
ouvrages de quelques pièces rares du musée en question.**)

C'est ainsi que parut encore, sur commande expresse
du prince, l'ouvrage précieux du directeur du Musée
romano-germanique de Mayence, Louis Lindenschmit, qui
travailla avec succès sur la partie du Musée de Sigmaringen qui date d'avant notre ère et des premiers temps
chrétiens.***) La partie des Meubles et Ustensiles du 10e
au 17e siècle a été confiée à l'auteur du présent ouvrage qui
voit ainsi le jour sous les auspices d'un haut protecteur.

Avant de nous expliquer sur la nature et le but
de notre entreprise, consacrons quelques mots au Château
de Sigmaringen et aux trésors de l'art qu'il renferme.

*) Livre des tournois de Hans Burgkmaier, publié par J. H.
de Hefner-Altenek. — Francfort, Henri Keller 1853. En allemand.

**) Costumes du moyen-âge chrétien d'après les monuments
contemporains par J. H. de Hefner-Altenek. — Francfort, Henri
Keller. — Ch. III, pl. 85 et 87 Jean-Nicolas et Estel-Frédérich,
comtes de Hohenzollern, d'après des peintures sur parchemin.

Oeuvres d'arts, meubles et ustensiles du moyen-âge par C. Becker
et J. H. de Hefner-Altenek. — Francfort, Henri Keller. Tome I.
pl. IV le Jacobo, orné de belles broderies, que le Chambellan de
l'Empire, comte Estel-Frédéric de Hohenzollern, présenta au Ave-
ment des mains lors du Couronnement de Charles-Quint à Aix-la-
Chapelle. Tome II, pl. 25, verre à boire peint 1559. Tome III,
pl. 24, navette émaillée du 12e siècle.

***) Antiquités nationales du Prince de Hohenzollern à Sig-
maringen par Louis Lindenschmit. — Mayence, Zabern 1860.

Zeiten übertragen, welches somit unter Zusage der Stütze und des Schutzes des hohen Protektors ins Leben tritt.

Ehe wir uns nun über die Art und den Zweck dieses Unternehmens aussprechen, verweilen wir mit wenigen Worten bei dem Schlosse und den Kunstschätzen zu Sigmaringen.

Dieses schöne Felsenschloss, welches sich an den Ufern der Donau auf römischen Grundmauern stolz erhebt, ging nach dem Ableben des Grafen Christoph von Werdenberg 1534 in den Besitz der Hohenzollern über. Dass in ihm schon in früher Zeit Sinn für Kunst und Pracht herrschte beweisen noch manche Spuren. Es zeigt sich über der Einfahrt des Schlosses ein grosses Hautrelief in grauem Sandsteine in dessen Mitte Maria auf dem Throne sitzt mit dem Leichname Christi auf dem Schosse; zu ihrer Linken kniet Graf Felix zu Werdenberg in voller Rüstung mit entblösstem Haupte und der Ordenskette des goldnen Vliesses; zu ihrer Rechten steht das Wappen der Werdenberg. Das ganze Bildwerk hat als Hintergrund einen Damastteppich und ist von schönen Ornamenten im frühen Renaissancestyle umgeben. Im obern Theile steht „mater dei memento mei", und darunter „Felix Graf zu Werdenberg und zu dem heiligenberg. 1526" Das Ganze ist durch Auffassung, Technik und Vollendung ein Meisterwerk ersten Ranges.

Ein zweites Kunstwerk dieser Periode von hohem Werthe befindet sich in der am Schlosse gelegenen Kirche, es besteht aus zwei Thürflügeln in Bronze gegossen, welche zur Verwahrung von Reliquien dienen. Auf diesen erscheint derselbe Graf Felix von Werdenberg mit seinem Wappen und den Schutzpatronen seines Hauses.

Aus jener Periode der Werdenberg stammen auch die prachtvollen gewirkten Teppiche burgundischen Ursprunges mit historischen Darstellungen im edelsten Style, deren Reste aus der Vergessenheit hervorgeholt, jetzt einige Prachtgemächer des Schlosses zieren. Seit dem Antritte des hohenzollerischen Besitzes erhielt das Schloss bedeutende Schätze an materiellem Werthe, an Kunst wie an historischen Erinnerungen, welche aber zum grossen Theile wieder, besonders am Anfange dieses und Ende des vorigen Jahrhunderts ihren Untergang fanden. — In jener Zeit wo es zum guten Geschmacke gehörte die Werke früherer Perioden zu verachten zu zu vertilgen, denn was man schön nannte bestand nur in einer kalten und krankhaften Nachbildung des alt Griechischen und Römischen.

Nun ist Seine königliche Hoheit Fürst Karl Anton Gründer einer neuen Glanzperiode des Schlosses. Er brachte zerstreut gelegene Kunstschätze des Hauses Hohenzollern wieder an das Tageslicht, vermehrte sie durch grossartige Erwerbungen aus nahen und fernen Landen und gestaltete ein übersichtliches Ganze, dessen Haupttheile in Folgendem bestehen.

Der reichen Bibliothek. — einer Kupferstichsammlung, in welcher vorzüglich die altdeutsche Schule berücksichtiget ist, — einer auserlesenen Gemälde-Sammlung und einer

Ce beau château qui bâti sur le roc, s'élève fièrement, au bord du Danube, sur des fondations romaines, passa, après la mort du comte Christophe de Werdenberg en 1534, en la possession des Hohenzollern. Il offre encore maintes traces du goût pour la magnificence et les arts dont ses plus anciens habitants devaient déjà être animés. Au-dessus de l'entrée, par ex., se voit un grand Haut-relief en pierre grise. Au milieu, Marie est assise sur le trône, le corps mort du Christ sur le genou; à sa gauche est agenouillé le comte Félix de Werdenberg en armure complète, la tête nue et avec la chaîne de l'ordre de la Toison d'or; à sa droite se trouvent les armoiries des Werdenberg. Toute cette sculpture a pour fond un tapis damassé et elle est entourée d'ornements du premier style Renaissance. À la partie supérieure se lit: „mater dei memento mei", et, en bas, „Félix comte de Werdenberg et Heiligenberg 1526". Le tout est un chef d'œuvre de premier rang par la conception et l'invention.

Une autre œuvre d'art de la même époque et aussi d'une grande valeur se trouve dans l'église du château. Ce sont deux battants de porte en bronze fondu, qui servaient à enfermer des reliques. On y voit représenté le même comte Félix de Werdenberg avec ses armoiries et les patrons de sa famille.

C'est à la même période des Werdenberg que remontent aussi les magnifiques tapis d'origine bourgogne (bourguignonne) avec des représentations historiques du plus noble style et dont les restes, tirés de la poussière de l'oubli, servent maintenant à orner quelques appartements de luxe du château.

Depuis sa prise de possession par les Hohenzollern, ce château s'était enrichi de trésors considérables tant sous le rapport matériel que sous celui de l'art ou des souvenirs historiques qu'ils rappellent. Mais la plupart de ces précieux objets se sont perdus à la fin du siècle passé et au commencement du autre, époque où il était de bon goût de dédaigner les œuvres des époques passées et même de les détruire, car ce qu'on était convenu d'appeler beau, n'était qu'une froide et mauvaise imitation des vieux styles de la Grèce et de Rome.

S. A. R. le Prince Charles Antoine commence une nouvelle ère au château de ses ancêtres; de lui date la splendeur qu'on y admire aujourd'hui. Il rassemble et met au jour tous les objets d'art épars, appartenant à la famille Hohenzollern en augmente le nombre par de considérables acquisitions faites tant à l'étranger et sut réunir le tout en un ensemble régulier dont nous allons mentionner les principales parties, qui sont; une riche bibliothèque, une collection de gravures où se trouve l'ancienne école allemande, une galerie de tableaux de choix, une magnifique collection d'armes où se trouvent des loricas et des armes des plus riches comme des plus simples, petits morceaux de sculpture et de peinture, meubles et ustensiles de luxe et d'un usage journalier

1*

chtvollen Waffen-sammlung, in welcher die Harnische
l Waffen vom einfachsten bis zu hoher Pracht aufsteigen
l in den kleineren Werken der Skulptur und Malerei,
Geräthschaften zum praktischen Gebrauch wie zum
aus im öffentlichen und häuslichen Leben. Diese letztere
l vielseitige Abtheilung bildet den Stoff dieses Werkes.

Man darf nicht glauben, dass hier grosse Räume mit
eu Schätzen angefüllt sind, welche magazinartig zu ihrem
alte in keiner Beziehung stehen, sondern der hohe Gründer
wohl bedacht einzelne Prachtgemächer herzustellen,
che durch Styl und Ausschmückung mit ihrem Inhalte
moniren, so dass selbst dem flüchtigen Beschauer in
er jeden Abtheilung das wohlthuende Bild eines zusammen-
örenden Ganzen im Charakter einer bestimmten Zeitperiode
oten wird.

Das Schloss erhielt in Berücksichtigung der sich aus-
enden Kunstsammlungen einen grossartigen Anbau im
lisch-gothischen Style, wodurch das Ganze schon im
assern durch seine imposante Erscheinung überrascht.

Der Fürst, welcher selbst mit Vorliebe das Studium
Adalterlicher Kunst und Geschichte betreibt, wusste zur
rchführung seiner Pläne manche Kräfte in Kunst und
ssenschaften herbeizuziehen. — Der in weiten Kreisen
Künstlern und Alterthumsforschern wohl bekannte k. pr.
mmerherr Karl von Mayenfisch hat die Direktion der
stlichen Sammlungen schon eine lange Reihe von Jahren
Geschick und Sachkenntniss ganz im Geiste seines kunst-
nigen Fürsten geleitet und sich in letzteren Jahren beson-
es Verdienst um die Errichtung der grossartigen Waffenhalle
l der schönen mittelalterlichen Trinkhalle erworben. In
erer Zeit steht Hofrath Dr. Lehner als Conservator ihm
Seite, dem noch insbesondere die Leitung der Bibliothek
l der Kupferstichsammlung übertragen wurde. — Die Pläne
dem besagten Anbau und dessen treffliche Ausführung,
d Werke der Bauräthe Krieger in Düsseldorf und Laner
Sigmaringen und die malerische Ausschmückung des Innern
le Historienmaler Professor Andreas Müller in Düsseldorf
ertragen, welcher sich auch wesentliche Verdienste bei
lage der fürstlichen Kupferstichsammlung erwarb. —

Unser vorliegendes Werk befasst sich sonach mit dem
eile der Kunst, welcher in enger Verbindung mit dem
nschlichen Leben steht und sich in dem Bilden und Schaffen
praktischen Zwecken ausspricht. Wir hoffen dadurch
iss keinen unwesentlichen Beitrag zur Geschichte der
stigen Entwicklung des Menschengeschlechtes zu liefern
l bieten dem Forscher in Kunst, Geschichte und Sitten
tzliches Material, wie dem Künstler und Gewerbsmanne
hrreiche Vorbilder und nachahmungswerthe Beispiele des
eisses und der Beharrlichkeit unserer Vorfahren.

Um diesem Zwecke nach Möglichkeit zu genügen fertigte
r Verfasser die Zeichnungen nach den Originalgegenständen
t Treue und liess sie durch bewährte Stecher unter seiner

tant pour la vie publique que pour la vie domestique.
C'est cette dernière et nombreuse section qui forme la
matière du présent ouvrage.

On se tromperait de croire maintenant que tous ces
divers objets précieux se trouvent entassés et comme em-
magasinés dans de vastes salles sans aucun rapport avec
leur contenu; bien loin delà, le fondateur a eu soin de
préparer dans les appartements du château quelques
magnifiques pièces dont le style et les ornements sont en
harmonie avec leur destination. De cette manière, un
coup d'œil suffit pour causer au visiteur l'impression d'un
ensemble empreint du caractère de telle et telle époque.

De nouvelles constructions furent ajoutées au château
en prévision de l'agrandissement incessant des Collections.
Ces constructions en style anglo-gothique prêtèrent ainsi
à l'ensemble un aspect extérieur imposant.

Le prince qui lui-même se voue avec prédilection à
l'étude de l'art et de l'histoire du moyen-âge, sut pour
l'exécution de ses plans s'adjoindre des hommes distingués dans les arts et les sciences. C'est ainsi que la
direction de ces collections se trouve confiée depuis nombre
d'années au baron Ch. de Mayenfisch, connu au loin des
artistes et des archéologues, et s'acquittant de sa charge
avec autant d'habileté que de science et tout-à-fait
dans l'esprit de son prince, ainsi si intelligent des beaux
arts. Par les soins de cette direction deux grandes salles
ont été ouvertes: la salle des armes et la salle à boire,
cette dernière en beau style gothique. Au directeur se
trouve adjoint depuis quelque temps un conservateur dans
la personne du conseiller antique, le docteur Lehner, chargé
particulièrement encore de la bibliothèque et du cabinet
des gravures. — Les plans des nouvelles constructions
sus-dites, ainsi que leur parfaite exécution, sont l'ouvrage
des architectes Krieger de Düsseldorf et Laner de Sigmaringen. Les peintures décoratives de l'intérieur ont
été confiées au peintre d'histoire André Müller de Düsseldorf qui concourut avec beaucoup d'activité et de goût
à la création du cabinet des gravures.

L'ouvrage que nous offrons ici au public s'occupe
donc de cette partie de l'art qui est en rapport immédiat
avec la vie de l'homme et qui se trouve en créations
pour buts pratiques. Par là, nous espérons fournir votre
contingent à l'histoire du développement intellectuel du
genre humain, et préparer d'utiles matériaux pour l'étude
approfondie des arts, de l'histoire et des mœurs. L'artiste et l'industriel y trouveront des modèles instructifs
et des exemples à imiter de l'application et de la per-
sévérance de nos ancêtres.

Pour atteindre ce but si bien que possible, l'auteur
s'est appliqué à faire des dessins fidèles des objets de la
Collection, dessins que d'habiles graveurs exécutèrent sur
cuivre sous la direction, comme il a fait pour ses autres
ouvrages.

Leitung in Kupfer ausführen, wie es bei seinen andern Werken geschah.

Die Photographie, welche gleichwohl zur Wiedergabe gewisser Arten von Kunstwerken unersetzlich ist, wendeten wir zu vorliegendem Zwecke nicht an: — denn die Farben gibt sie gar nicht oder in einer gerade entgegengesetzten Wirkung; bei Gegenständen von blankem Metall ist der Kontrast von Licht und Schatten häufig zu scharf; Oxidirung, Schmutz und schadhafte Stellen mancher Alterthümer gibt dieselbe in solcher Treue wieder, dass sie uns zu oft das Verständniss der Formen stört, während wir solche Dinge, welche durch Zufälligkeit entstanden nicht in Abbildung darstellen, sondern nur im Texte erwähnen. Auch gibt die Photographie nicht, was besonders zum vollen Verständnisse und zur praktischen Benutzung des Gewerbsmannes so nöthig ist, die geometrische Zeichnung mancher Gegenstände, die Grundrisse, Profilirungen, Detailzeichnungen, welche wir häufig in Umrissen beifügen.

Die Jahreszahlen oder Entstehungsperioden sind den Abbildungen beigefügt und die chronologische Reihefolge gibt das Register. Die Beschreibung der einzelnen Darstellungen zeigt stets auch den Zusammenhang mit der Kulturgeschichte im Allgemeinen. Wir werden uns bemühen unserm alten Grundsatze getreu, keine Kunstredensarten und keine Gelehrsamkeit da anzubringen, wo die Kunst selbst spricht und unser Verdienst nur in dem Streben suchen, das vorurtheilsfrei Erkannte und Gefühlte treu und wahr durch Bild und Wort wiederzugeben.

La photographie, le mode de reproduction le plus fidèle d'ailleurs, ne convenait point à notre but par les motifs suivants: d'abord, elle ne reproduit point les couleurs réelles, mais souvent leurs effets opposés; dans les objets de métal poli le contraste des ombres et des lumières est souvent trop marqué; l'oxidation, les salissures, les détériorations de toute sorte dont peut avoir souffert telle et telle antiquité, la photographie les rend avec une fidélité qui ne nuit que trop souvent à l'intelligence des formes. La gravure, au contraire, corrigent ces défectuosités accidentelles, ne les représente point; le texte seul en fait mention. La photographie ne donne pas non plus ce qui est nécessaire à la parfaite intelligence de l'objet et à son application pratique par l'industriel, c'est-à-dire le dessin géométrique, les délinéations, les profils, et tous ces petits détails que nous ajoutons souvent en contours.

Les dates ou les époques présumées de l'origine de chaque objet accompagnent chaque gravure; l'ordre chronologique se trouve indiqué par la table. La description des objets montre aussi toujours leur rapport avec l'histoire de la culture intellectuelle des peuples en général. Enfin, fidèles au principe adopté par nous, nous avons toujours tâché d'éviter l'emploi d'expressions techniques et tout étalage d'érudition, là où l'art seul parle assez clairement. Nous n'ambitionnons d'autre mérite que celui d'avoir fait tous nos efforts pour rendre avec vérité par l'art et la parole nos appréciations faites sans préventions et basées sur les investigations les plus consciencieuses.

J. H. v. Hefner-Alteneck.

BESCHREIBUNG DER ABBILDUNGEN.

Tafel 1. Reliquarium aus der Mitte des 12. Jahrhunderts.

Dasselbe ist von Eichenholz mit Kupferplatten überlegt, welche gravirt, vergoldet und stellenweise emaillirt sind; auf den schiefen Ebenen der oberen und unteren vorspringenden Gesimse erscheint das reine Holz und wir können nicht sagen ob es daselbst ursprünglich auch mit Metall belegt war. Die 4 Seitenwände zeigen die 12 Apostel in starken Konturen eingravirt. Der Grund derselben ist abwechselnd hell- und dunkelblau, die Heiligenscheine wie die Bücher in ihren Händen sind weiss emaillirt. Auf den Metallleisten des untern Gesimses sind die Namen der Apostel eingravirt; die Fortsetzung derselben auf den hier nicht sichtbaren Seiten ist unserer Abbildung in Originalgrösse beigefügt. Die übrigen Apostel weichen sehr wenig von den hier auf der Vorderseite dargestellten ab. Auf den Flächen des Daches erscheinen 10 Engel in Halbfigur auf blau emaillirtem Grunde mit weiss emaillirten Heiligenscheinen. 2 dieser Engel auf der Seitenfläche des Daches sind originalgross dieser Abbildung in Umrissen beigegeben. Das obere Gesimse ist mit vorspringenden Krystallkugeln geschmückt, von welchen aber im Originale die Mehrzahl fehlt.

Was diesen Reliquienbehälter besonders als eine Seltenheit auszeichnet, ist die Kuppel, welche sich in der Mitte des Daches erhebt; sie besteht aus einem innen hohl geschliffenen Stücke Bergkrystall; in derselben konnten die darin befindlichen Reliquien gesehen werden. Diese Kuppel hat oben ein Röhrchen um bei Gelegenheiten die Reliquien in einer besondern Fassung (ostensorium) aufzustecken und zur Schau auszustellen. Des vollständigen Verständnisses wegen fügen wir die Ansicht des Ganzen von oben in kleiner Skizze bei. Merkwürdige Reliquarien der fürstlichen

DESCRIPTION DES GRAVURES.

Planche I. *Reliquaire du milieu du XIIe siècle.*
Il est en bois de chêne sur lequel sont appliquées des plaques de cuivre, gravées, dorées et en quelques endroits émaillées. Les surfaces inclinées des corniches supérieures et inférieures laissent voir le bois pur et l'on ne saurait dire si, dans l'origine, il fut recouvert de métal.

Sur les quatre côtés sont représentés les douze apôtres en gravures à contours bien marqués. Ici le fond est alternativement bleu clair et bleu foncé; les auréoles, de même que les livres qu'ils portent dans les mains, sont d'un émail blanc. Sur les bordures métalliques inférieures sont gravés les noms des apôtres, dont la suite qui n'a pu être représentée, a été ajoutée à notre figure dans les dimensions de l'original. Les autres apôtres ne diffèrent pas beaucoup de ceux que présente la face antérieure de notre figure. Sur les surfaces unies du toit se voient dix anges en demi-figures, sur fond d'émail bleu, avec des auréoles d'émail blanc. Deux de ces anges sur les côtés latéraux du toit ont été joints à la figure avec les dimensions de l'original, mais seulement en contours. La corniche supérieure est ornée de globules de cristal, mais dont la plupart manquent à l'original.

Ce qui fait surtout une curiosité de notre reliquaire, c'est sa coupole qui s'élève au milieu du toit, et qui est formée d'un morceau de cristal de roche creusé et poli, ce qui exposait à la vue les reliques qu'elle pouvait contenir. Cette coupole est munie en haut d'un petit tube, servant en certaines solennités à y placer les reliques, mises dans une sorte d'ostensoir et exposées ainsi aux regards des fidèles. Pour plus grande clarté, nous ajoutons une petite esquisse de l'ensemble, prise d'en haut.

Nous aurons encore à décrire maints reliquaires remarquables de cette collection. La forme et le style en

2*

sammlung werden wir noch manche darstellen; sie erscheinen ou der frühen christlichen Zeit an bis zur Aufhebung der Klöster unseres Jahrhunderts in den verschiedensten Formen und Stylarten. Was die hier in der einfachsten Weise erscheinende Emaillirung betrifft, welche in dem mittelalterlichen Kunstgewerbe eine so grosse Rolle spielt, gaben wir schon manche Beispiele in unsern „Kunstwerken und Geräthschaften des Mittelalters" und in Bezug auf die Technik und spezielle Geschichte derselben verweisen wir besonders auf das treffliche Werk: „Recherches sur la peinture en émail dans l'antiquité et au moyen-âge par Jules Labarte".

Tafel 2. Elfenbeinarbeiten aus den letzten Jahren es 15. Jahrhunderts in Originalgrösse dargestellt.

A ein kleines Hausaltärchen, welches ein Votivbild enthält; dasselbe zeigt in fast freistehenden Figuren Maria auf dem Throne mit dem Kinde. Zu ihrer Rechten kniet der Stifter des Werkes Georg H. (Aldorfer) Bischof zu Herrn-Chiemsee, wie die zwei aufgehängten Wappenschilde ausweisen. Zur Linken der Maria zeigt sich ein Mann in Landtracht, welcher einen vor sich knienden Knaben an der Schulter fasst, der seine Arme nach dem Christuskinde ausstreckt. Wir dürfen nach Art damaliger Darstellungsweise annehmen, dass jener Mann ein Verwandter des Bischofes war, dessen Sohn durch Verehrung des heiligen Kindes von Krankheit geheilt wurde. Leider fehlt im Originale das Christuskind, welches wir in vorliegender Abbildung nach den noch vorhandenen Spuren ergänzten. Diese Elfenbeingruppe ist sorgfältig bemalt und vergoldet. Nur die Gesichter wie nackte Theile und das Aeussere des Mantels zeigt die Naturfarbe des Elfenbeins, die Wangen sind leicht geröthet und die Haare vergoldet. Das freistehende Rankenwerk, welches die ganze Gruppe überwölbt und an welchem die Wappenschilde des Donators hängen sind von Metall und vergoldet. Der tiefstehende Hintergrund ist blau mit goldnen Sternen. Das Kästchen mit Flügelthüren, welches das Ganze umschliesst ist eine neuere Arbeit an der Stelle des ursprünglichen, welches wohl bemalt war. Dieses kleine Kunstwerk aus Herrn-Chiemsee stammend, befand sich in München, von wo es nach London gelangte, und dort wurde es für die fürstliche Sammlung erworben.

B zeigt ebenfalls in Originalgrösse dargestellt das Fragment eines kleinen Elfenbeinkästchens, in welchem wohl irgend eine Reliquie oder ein Andenken der Jungfrau Maria aufbewahrt war; es besteht aus dem Deckel mit den Worten Maria hielf" in gothischer Handschrift, und einer Seitenwand mit gothischem Masswerke; der durchbrochene Grund von Beiden ist mit rothem Leder unterlegt. Was die sogenannte Band- oder Mönchschrift betrifft, so sehen wir hier den Ursprung derselben durch wirkliche Bänder veranlasst.

Tafel 3. Krystall- und Münzpokal aus der 1. Hälfte des 16. Jahrhunderts. Derselbe beträgt in der Höhe 8" 2''',

---

sont bien divers et peuvent remonter aux premiers temps du christianisme, comme aussi redescendre jusqu'à l'abolition des couvents au commencement de ce siècle. Quand à l'émaillure qui est ici des plus simples et qui joue un si grand rôle dans les ouvrages d'art du moyen-âge, il en a déjà été fait mention dans nos „Oeuvres d'art et meubles du moyen-âge" et pour ce qui a rapport à la partie technique et à l'histoire spéciale de ces ouvrages d'art, nous renvoyons à l'excellent livre de Jules Labarte: „Recherches sur la peinture en émail dans l'antiquité et au moyen-âge".

Planche II. Ouvrage en ivoire de la fin du XVe siècle, grandeur de l'original. A. Petit autel portatif, renfermant un tableau votif. Les figures, presque isolées du fond, représentent Marie sur le trône avec l'Enfant-Jésus. A sa droite est agenouillé le fondateur, George VI (Aldorfer), évêque de Herrn-Chiemsée, comme l'indiquent les deux écussons qu'on y voit suspendus. A gauche de Marie se trouve un homme en costume journalier qui tient par l'épaule un petit garçon agenouillé devant lui, ce dernier tendant les bras vers l'Enfant-Jésus. Conformément à l'esprit de l'époque, on peut admettre que cet homme était un parent de l'évêque, dont le fils avait été guéri d'une maladie par sa dévotion à l'Enfant-Jésus. Ce dernier manque dans l'original et nous l'avons reconstruit sur notre figure d'après les restes encore existants. Ce groupe en ivoire est peint et doré avec beaucoup de soin. Il n'y a que les visages, ainsi que les parties nues et l'extérieur du manteau, qui aient conservé la couleur naturelle de l'ivoire, les joues sont légèrement colorées et les cheveux dorés. La guirlande de feuillage qui entoure le groupe entier et les écussons du donateur qui y sont suspendus, sont de métal doré. La petite armoire à deux vantaux qui renferme le tout est d'un travail moderne, substitué à l'ouvrage primitif qui, sans doute, était peint. Cette petit oeuvre d'art, provenant de Herrn-Chiemsée, se trouvait à Munich. Transportée à Londres, elle y fut acquise pour la Collection de Sigmaringen.

B. Fragment d'un coffret d'ivoire, destiné sans doute à renfermer une relique ou un souvenir de la Vierge Marie. Il consiste en un couvercle avec ces mots en caractères gothiques: „Maria hielf" et en une paroi d'un travail gothique. Les deux pièces, travaillées à jour, sont appliquées sur cuir rouge. Pour ce qui regarde l'écriture gothique, appelée aussi en Allemagne écriture rubanée, nous en voyons ici l'origine, provenant de véritables rubans, dont les plis et replis servent à former toutes les lettres.

Planche III. Bocal de cristal, orné de monnaies, de la Ire moitié du XVIe siècle. Il a 8" 2''' de haut, provient du dernier abbé d'Eberbach sur le Rhin et consiste en cinq parties de cristal de roche: le bouton et la plaque du couvercle, la coupe proprement dite, pareille à

stammt aus dem Besitze des letzten Abtes von Eberbach am Rhein und besteht aus fünf Theilen von Bergkrystall, dem Knopfe und der Platte des Deckels, dem Haupttheile der eigentlichen Trinkschaale, ähnlich der Kuppe eines Kelches, dem Knopfe im Fusse und der gewölbten Scheibe im Untertheile, welche durch zierliche Fassungen und Spangen von vergoldetem Silber verbunden sind. In dem Rande, welcher sich über die Krystallschale erhebt, sind acht römische Silbermünzen aus der Kaiserzeit in solcher Weise eingesetzt, dass die andern Seiten derselben im Innern des Pokales zu sehen sind; ebenso befinden sich acht in dem breiten Rande des Fusses, deren Rückseiten bei dem Aufheben des Pokals zum Vorschein kommen. Ein Theil dieses Fusstandes stellten wir unter A in originalgrossen Umrisse von oben gesehen dar. Im Innern des Deckels sieht man durch die Krystallplatte auf die Stelle in der sich die drei Spangen, welche den Knopf halten, vereinigen, ein Frauenkopf-Bild auf der Fläche des vergoldeten Silbers eingravirt; dasselbe zeigt B in Originalgrösse. Im Innern des Bechers erscheint auf dem Grunde durch den Krystall eine grössere griechische Münze mit einem Laub bekränzten Bachuskopfe, dessen Haare nach hinten in eine hornartige Windung auslaufen. Die Rückseite dieser Münze ist nicht sichtbar; sie stammt aus der Zeit nach Alexander und findet sich öfter in den Donauländern vor.

Prachtgefässe, welche aus einzelnen Theilen von Bergkrystall zusammengesetzt sind und zu kirchlichen wie zu profanen Zwecken dienten, spielen von der frühesten christlichen Zeit an in der Geschichte der Technik eine grosse Rolle. Ein interessantes Beispiel der Art aus dem 11. Jahrhundert zeigt der Krystallkelch Heinrich II. in der reichen Kapelle zu München, dargestellt in unseren „Kunstwerken und Geräthschaften des Mittelalters" Band III Tafel 9.

Sogenannte Münzpokale wurden mit dem Beginne des 16. Jahrhunderts beliebte Luxusgegenstände und zwar in Folge der grösseren Verbreitung des klassischen Studiums, welches die antiken Münzen schätzen lehrte und besonders den Geschmack der Renaissance im allgemeinen hervorrief.

Tafel 4. Luxus- oder Prachtwaffe, aus der 2. Hälfte des 16. Jahrhunderts deutschen Ursprungs bestehend in einem Radschlosspistol mit einer Streitaxt verbunden, von 2 Seiten dargestellt.

Wiewohl wir die Waffen als zu den Harnischen und somit zu dem Kostum gehörig betrachten und ihnen daher auch schon eine Stelle in unsern „Trachten des christlichen Mittelalters" zugewiesen haben, so rechnen wir doch solche Waffenstücke, bei welchen ungewöhnliche Pracht und geschickte Technik vorherrscht, mehr zu den Kunst- und Prachtgeräthschaften, welche in vorliegendem Werke ihre besondere Berücksichtigung finden. — Solche Waffen höchstens 2' lange Streithammer, Streitkolben (Faustkolben) und Streitaxen, in Ungarn Szakan genannt, welche öfter

celle d'un autre, le houton du pied et le disque bombé de la partie inférieure. Ces diverses pièces sont reliées ensemble par d'élégantes montures et ornements d'argent doré. Dans le bord de la coupe de cristal se trouvent serties huit monnaies romaines d'argent du temps de l'Empire. La sertissure est faite de manière à ce que le revers des monnaies soit visible à l'intérieur du bocal. Il y a également dans le large bord du pied huit autres monnaies, dont le revers est de même visible, lorsqu'on lève le bocal. Une partie de ce bord du pied se trouve représentée sous A, vue d'en haut et dans la grandeur de l'original. A l'intérieur du couvercle se voit à travers la plaque de cristal, au point de réunion des trois paires métalliques qui tiennent le bouton, une buste de femme, gravé sur argent doré. Vue ce buste sous B en grandeur de l'original. A l'intérieur de la coupe apparaît au fond à travers le cristal une grande monnaie grecque avec une tête de Bacchus couronné de feuillage dont la chevelure se termine par derrière en forme de cornes. Le revers de cette monnaie n'est pas visible. Elle remonte aux temps d'Alexandre et se trouve souvent dans les pays du Danube.

Les vases de luxe, formés de diverses pièces en cristal de roche et destinés à des usages sacrés ou profanes, ont joué un grand rôle dans l'histoire technique dès les premiers temps de notre ère. Un intéressant modèle du genre, datant du XIe siècle, c'est le calice de cristal de Henri II, déposé dans la Riche-Chapelle de Munich et représenté dans nos „Œuvres d'art et meubles du moyen-âge", vol. III, pl. 9.

Le bocal, orné de monnaies, devint un objet de luxe recherché dès le commencement du XVIe siècle, ce que l'on peut attribuer à la propagation des études classiques qui apprirent à estimer les monnaies antiques et donnèrent naissance au style de la Renaissance.

Planche IV. Arme de luxe, de la seconde moitié du XVIe siècle, d'origine allemande, consistant en un pistolet à rouet, uni à une hache d'armes, représentée sous deux faces.

Quoique nous considérions les armes comme faisant partie des armures et par conséquent des costumes et que, pour cette raison, nous ayons déjà assigné une place dans nos „Costumes du moyen-âge chrétien", nous croyons devoir ranger ces armes où domine partout les modèles et autrefois d'art et de luxe, traités en particulier dans le présent ouvrage. — Ces sortes d'armes, telles que marteaux d'armes, maillottins et haches d'armes, nommées en Hongrie Szakan, seront en même temps comme ici d'arme à feu, commencèrent à se répandre au XVIe siècle; ces dernières haches d'armes à pistolet tenaient aussi lieu aux chefs de bâtons de commandements. La batterie à rouet que nous avons devant nos yeux, l'invention la plus ingénieuse qui jamais ait été faite pour les armes à feu prit son origine à Nuremberg de

3

ach wie hier zugleich eine Feuerwaffe bildeten, verbreiteten sich mit dem 16. Jahrhundert und dienten bei Befehlshabern zugleich als Kommandostab. Das hier erscheinende Radschloss, die geistreichste Erfindung, welche jemals in Bezug auf Schiesswaffe gemacht wurde, fand zu Nürnberg in den Jahren 1515 bis 1517 seinen Ursprung. Für den Gebrauch im Kriege wurde es nie allgemein, indem man daselbst bei den Musketen und Röhren das nicht sehr lange vorher erfundene Luntenschloss der billigen Herstellung wegen vorzog. Jedoch bei Jagd- und Scheibenbüchsen wie bei den kurzen Gewehren der Reiter (Fäustlinge) und den Pistolen (Faustrohre), welche besonders die deutsche Reiterei berühmt und gefürchtet machten, gewann es einen grossen Aufschwung. Das spätere sogenannte spanische Steinschloss, welches ausser ein rascheren Spannen des Hahnens keinen wesentlichen Vorzug bot, verdrängte das Radschloss nicht vollständig, denn die Gebirgs- und Scheibenschützen mancher Gegenden behielten es noch bis gegen das Jahr 1870, wo es erst gänzlich durch die neuere Erfindung des Perkussionsschlosses entbehrlich gemacht wurde.

An dieser Luxuswaffe besteht der Pistolenlauf, das Radschloss wie das Beil aus grauem Stahl und Eisen, die siebe feine Ornamentirungen auf diesen Theilen aus wenig rhabenem, eingeschlagenem Silber und nur wenige Einzelseiten daran aus Gold, was die sogenannte Tauschierarbeit bildet. Der Schaft aus dunkelbraunem Nussbaumholz ist durchaus überreich mit gravirtem Hirschhorn (in der Regel für Elfenbein angesehen) eingelegt, welches bis auf ganz wenige grün gebeizte Beeren und Blättern seine gelblich weisse Naturfarbe zeigt.

Die frühesten in dieser Art eingelegten Waffen und sonstige Geräthschaften fanden sich im Orient, auch die spanisch-maurischen des 14. Jahrhunderts zeichnen sich aus, und die florentinische mosaikartig mit Elfenbein und Horn eingelegten Schmuckkästchen, Metallspiegelrahmen, Tische, Stühle etc. etc. bildeten schon vom 12. Jahrhundert an einen verbreiteten Handelsartikel. Jedoch gewinnt in der ersten Hälfte des 16. Jahrhunderts die eigenthümliche, vorzüglich durch Albrecht Dürer hervorgerufene deutsche Renaissance zu Nürnberg einen ganz besonderen Einfluss auf diesen Kunstzweig. Die Schüler dieses grossen Meisters, welche selbst grosse Künstler waren, obgleich man sie ihrer vielen kleinen Kupferstiche wegen „Kleinmeister" nennt, als: Heinrich Altegrever, Hans Sebald Beham, Georg Penz, Jakob Bink, Albrecht Altdorfer, Virgilius Solis u. a. lieferten eine ausserordentliche Anzahl von Musterblättern für solche eingelegten Arbeiten, welche jetzt Museen zieren.

A zeigt die eine Seite dieser Waffe mit dem Radschlosse und dem halb silbernen, halb goldenen Löwen auf dem Beile, wohl das Wappen seines ursprünglichen Besitzers; B die entgegengesetzte Seite mit dem Reichsadler, welcher wie kaum zu bezweifeln anzeigt, dass der Herr dieser Waffe im deutschen Heere stand; C stellt die Mündung des

1515 à 1517. Son usage à la guerre ne devint jamais général; on préférait pour les mousquets et les fusils la batterie à mèche qui venait d'être inventée et dont l'introduction était moins coûteuse.

Pourtant, pour les arquebuses de chasse et les batteries, de même que pour les pistolets de la cavalerie qui rendirent celle-ci en Allemagne à la fois si célèbre et si redoutable, cette sorte de batterie à rouet eut bientôt une grande vogue. La batterie à pierre, dite espagnole, qui n'offre d'autre avantage que celui de pouvoir armer plus vite le fusil, ne parvint point à exclure complètement le rouet dont l'usage se conserva en Bavière dans certaines contrées de montagnes jusque vers 1840 où il dut céder la place aux fusils à percussion dont l'invention venait d'avoir lieu.

A cette arme de luxe, le canon du pistolet, le rouet et la hache sont de fer et d'acier gris; les ornements, aussi riches que délicats, consistent en incrustations d'argent de trèspeu de relief et en quelques rares parties d'or, sorte d'ouvrage connu en Italie sous le nom de tausia ou tarsia.

Le fût en noyer brun foncé est couvert d'incrustations de corne de cerf gravée (prise ordinairement pour ivoire), laissée dans sa couleur naturelle, blanc jaunâtre, à l'exception de quelques baies et feuilles, teintes en vert par un corrosif.

Les plus anciennes incrustations de ce genre sur armes ou autres meubles et ustensiles ont été trouvées en Orient. Les Maures d'Espagne se distinguent aussi au XIVe siècle dans ce genre de travail et les coffrets, les cadres pour miroirs, les tables, les chaises etc., tous ouvrages incrustés à Florence d'ivoire et de corne, à la façon des mosaïques, forment dès le XIIe un article de commerce trèsrépandu. Cependant cette branche de l'art subit dans la première moitié du XVIe siècle l'influence de la Renaissance allemande, due surtout au génie d'Albert Dürer. Les élèves de ce grand maître, qui étaient eux-mêmes de grands artistes, quoiqu'on les nommât les Petits-Maîtres, à cause de la quantité de leurs petites gravures, livrèrent un nombre extraordinaire de dessins-modèles pour ces sortes d'ouvrages, ornés de pareilles incrustations et qui font de nos jours l'ornement des musées. Voici les noms de ces artistes qui ont passé à la postérité: Henri Altegrever, Hans Sébald Beham, George Penz, Jacques Bink, Albert Altdorfer, Virgile Solis et d'autres encore.

A représente une des faces de cette arme avec la batterie à rouet et le lion moitié argent, moitié doré de la hache, armoirie, selon toute apparence, du premier propriétaire. B la face opposée avec l'Aigle impériale qui indique, à n'en pas douter, que le propriétaire appartenait à l'armée de l'Empire. C représente l'embouchure du canon et la hache, vues d'en haut; D la partie inférieure du fût tout couvert de petites plaques gravées en corne de cerf. E, F et G nous montrent ces portions du fût, non complétement visibles dans les deux figures

Lanze und das Beil von oben gesehen und D die untere Ansicht des Schaftes dar, welche mit gravirten Hirschhornplättchen belegt ist; E, F und G jene Theile des Schaftes, welche in den 2 Hauptansichten nicht vollständig zu sehen, sind als ausgestreckte Flächen gedacht und zwar ist E der Theil unterhalb des Bügels und Drückers, F jener unter dem Laufe dessen Schwanzschraube in ihn eingelassen ist. Die geflügelte weibliche Figur mit Löwen darauf, die Stärke bezeichnend, ist nach einem Musterblatte des genannten Hans Sebald Beham, G der Theil unterhalb des Beiles.

Tafel 5. Krug von dunkelbrauner Erde mit Bemalung gebrannt, aus der 2. Hälfte des 16. Jahrhunderts. Seine Höhe ohne Deckel beträgt 9", sein Durchmesser an der Mündung 3" 9''', an der Basis 5" 9'''. Die nicht stark erhabenen Figuren darauf, die sieben Planeten darstellend, nach Zeichnung von Virgilius Solis, wie das Ornament auf dem obern Rande und jenes am Fusse und dem Henkel unter F besonders gegeben, wurden in Formen gepresst und aufgesetzt als die Erde noch feucht war. Die rautenförmigen blau und weiss ausgemalten Vertiefungen in der obern und untern Abtheilung sind mit einem Stempel eingedrückt.

Da in unserer Hauptdarstellung von den 7 Planeten nur Venus und Merkur vollständig zu sehen, so ist unter A Saturn, B Jupiter, C Mars, D Diana, E Apollo besonders beigefügt. Die sehr frischen Farben sind stark eingebrannt und einzelne Theile der Figuren haben leicht eingeschmolzene Vergoldung. Die zwei Ornamentfassungen am Fusse sind mit gelben Linien und blauen Punkten ausgemalt, während ausserdem nur die plastisch gearbeiteten Theile Farben und alles andere die dunkelbraune Naturfarbe des Kruges zeigt. Der Deckel wie der untere Rand des Fusses sind von Zinn.

Wiewohl schon von früher Zeit an allenthalben mehr und weniger verzierte Thongefässe einen der grössten Industriezweige bildeten, so treten sie doch in diesem ausgeprägten Renaissanceschmucke besonders mit Beginn des 16. Jahrhunderts in Deutschland auf. Vorzüglich wurden sie in Köln und mehreren deutschen Reichsstädten gefertigt. Eine gewisse Art derselben ist unter dem Namen Greussenheimerkrüge bekannt, von einem Städtchen bei Würzburg.

Die sogenannten Apostelkrüge sind in Bezug auf Masse und Farbe dem hier vorgestellten Planetenkruge ganz gleich und derartige Cylinderkrüge gehören jetzt in den Museen zu den Seltenheiten.

Tafel 6. Weihwasserkessel aus emaillirtem Kupfer, eine Arbeit Jacques Nouailher, Emailleur zu Limoges. Sein Name, welcher unserer Abbildung als Facsimile beigefügt ist, befindet sich auf der Rückseite dieses Werkes in Email von seiner eigenen Hand.

Als Hauptsache erscheint in diesem Kunstwerke das ovale, etwas wenig convex gewölbte Bild, die drei Könige

principales et qu'il fallait supposer continués, savoir E la partie au-dessous de la sauvegarde et de la détente, F la partie au-dessous du canon dans lequel la culasse se trouve fixe. La figure de femme ailée, surmontée de lions, emblème de la force, a été travaillée sur le modèle dessiné de Hans Sebald Beham, ci-dessus nommé; G est la partie au-dessous de la hache.

Planche V. Cruche de terre cuite brun foncé et ornée de peinture, de la seconde moitié du XVIe siècle. Sa hauteur sans le couvercle est de 9", son diamètre à l'embouchure de 3" 9''', à la base de 5" 9'''. Les figures dont elle est ornée, n'ont que peu de relief, représentant les sept planètes, et sont exécutées d'après les dessins de Virgile Solis; ces figures, ainsi que l'ornementation du bord supérieur et de l'anse, ont été pressées dans des formes et appliquées sur la cruche, lorsque la terre en était encore humide. Les légères excavations en forme de losanges, peintes en blanc et bleu, qui remplissent les compartiments d'en haut et d'en bas, ont été faites avec le poinçon ou pareil outil.

Notre principale figure ne laissant voir des sept planètes que Vénus et Mercure, nous avons ajouté les représentations séparées de A Saturne, B Jupiter, C Mars, D Diane, E Apollon. Les couleurs d'une très-grande fraîcheur ont été soumises à une forte cuisson et quelques parties offrent de légères traces de dorure au feu. Les deux bordures du pied sont formées de lignes jaunes et de points bleus; mais, à l'exception des figures dont elle est ornée, la cruche présente sur toute sa surface la couleur naturelle brun foncé de la terre. Le couvercle est d'étain, ainsi que le bord externe du pied.

Quoique partout et dès les temps les plus reculés, les ouvrages de terre, plus ou moins décorés, formassent une des plus fastes branches de l'industrie, ce n'est pourtant que dans les premières années du XVIe siècle, qu'on en vit l'usage se multiplier en Allemagne et qu'ils apparaissent portant cette empreinte de Renaissance qui les distingue. Il s'en établit des fabriques à Cologne et dans plusieurs autres villes impériales d'Allemagne. Il y a de ces cruches d'une façon toute particulière qui sont connues sous le nom de cruches de Greussenheim, ainsi appelées d'une petite ville de ce nom près de Wurtzbourg.

Les cruches dites des apôtres sont, sous le rapport de la masse et de la couleur, tout-à-fait semblables à notre cruche des planètes. Ces cruches cylindriques sont placées de nos jours parmi les curiosités de nos musées.

Planche VI. Bénitier en cuivre émaillé, travail de Jacques Nouailher, émailleur à Limoges. Ce nom dont le fac-simile est joint à votre figure, se trouve à la face postérieure de cet ouvrage en émail et il est de la propre main de ce célèbre émailleur.

La principale partie de cette œuvre d'art, c'est le petit tableau ovale, légèrement convexe, représentant l'Adoration des Mages, dessin de Carlo Maratti. Il est

us dem Morgenlande, das Christuskind verehrend, nach
Zeichnung Karlo Maratti. Es ist nach Art der älteren
Meister der Emaillirkunst Leonard Limosin und Pierre
Rexmon mit grosser Zartheit in schmelzenden Tönen grau
in grau auf schwarzem Grunde ausgeführt; nur einzelne
Theile, wie die Strahlen der Heiligenscheine und Säume
der Gewänder sind mit Gold aufgesetzt. Ueber dem Bilde
zeigt sich in einer etwas vertieften tellerartigen Rundung
der goldene Stern mit Strahlen in blauem Grunde von
Wolken umgeben. Der unten in der Mitte angebrachte
kleine Kessel wie die bogenförmigen Zacken, welche das
ganze Bildwerk als Rahmen umgeben, sind nach der eigenthümlichen Erfindung dieses Meisters mit stark erhabenem
Laubwerk verziert, welches aus hellgrauer Emailmasse,
theilenweise mit schwarzen Linien versehen, besteht. Der
schwarze Hintergrund dieser Ornamente hat Goldlinien. —
Man besitzt Schmucksachen, Leuchter, Salzbüchsen und
ähnliche kleinere Prachtgeräthe, auf gleiche Weise nach
Erfindung dieses Meisters gefertigt. Nouailher hatte mehrere
Nachkommen gleichen Namens, welche ihre Kunst noch in
der zweiten Hälfte des 18. Jahrhunderts ausübten. Das
Museum im Louvre zu Paris besitzt von seiner Hand unter
manchem Anderen die Anbetung der Hirten nach Johann
an Achen, gestochen von Johann Sadler. Geburts- und
Sterbejahr dieses Meisters ist nicht bekannt. In dieser
Arbeit selbst finden wir nicht leicht einen Anhaltspunkt
dafür, denn die von dem Meister selbst erdachten erhabenen
Emailornamente reissen sich von jedem hergebrachten Style
los, und das Hauptbild ist rein von allem französischem
Einflusse nach dem italienischen Vorbilde aufgefasst. Die
"Notice des émaux par M. de Laborde" enthalten genaue
Mittheilung über die technische Behandlung dieser
erhabenen Ornamente in Email, aber weder er noch
Auguste Demmin in seinen "Faiences et porcelaines" geben
über J. Nouailher's Lebenszeit einen näheren Aufschluss,
wiewohl diese Werke eine interessante Zusammenstellung
der französischen Emailmaler liefern. Wir können nur
sagen, dass von dem so sehr manierirten Style, der
um Mitte des 17. Jahrhunderts in Frankreich fast jedes
Kunstwerk beherrschte, keine Spur in diesem Werke zu
finden ist.

exécuté avec une grande délicatesse de tous en grisaille
sur fond noir, à la manière des anciens maîtres émailleurs
Léonard Limosin et Pierre Rexmon. Il n'y a d'or
qu'aux rayons des nimbes et aux bordures des vêtements.
Au-dessus du petit tableau se voit dans un faible
enfoncement l'étoile d'or sur fond bleu, au milieu de
nuages. Le petit bassin pratiqué pour l'eau bénite au
milieu de la partie inférieure, ainsi que les dentelures
arquées qui servent d'encadrement au tableau, est orné
de feuillage d'un fort relief, d'après la manière particulière
à ce maître. Ce feuillage est formé d'un émail gris clair,
relevé çà et là de lignes noires. Le fond noir de ces
ornements est relevé de filets d'or.

Il s'est conservé de la bijouterie, des chandeliers,
salières et autres semblables ustensiles, exécutés d'après
le procédé inventé par ce maître. Nouailher eut plusieurs descendants du même nom, qui exerçaient encore
leur art pendant la seconde moitié du XVIIIe siècle.
Le Musée du Louvre à Paris possède entre autres
ouvrages de la propre main de notre artiste l'Adoration
des bergers d'après Jean van Achen. Il en existe une gravure par Jean Sadler. On ne sait rien de précis ni sur
l'année de la naissance, ni sur celle de la mort de cet artiste.

L'ouvrage même que nous avons devant les yeux,
n'offre aucune donnée à cet égard, les ornements en
relief de l'invention même du maître ne se laissant
rattacher à aucun style précédent et le tableau, principale
partie de l'œuvre, s'étant tenu fidèlement au modèle italien
et en dehors de toute influence française. Les "Notices
des émaux par M. de Laborde" contiennent des renseignements exacts sur les procédés techniques qu'a pu exiger
l'exécution de ces ornements d'émail en relief; mais ni
lui ni Demmin dans ses "Faïences et porcelaines" ne
nous donnent d'éclaircissements sur l'époque où vécut cet
artiste. Tous deux cependant fournissent dans les ouvrages
précités des renseignements pleins d'intérêt et de criti-
que sur les peintres français en émail. Tout ce que
nous pouvons dire nous-mêmes à cet égard, c'est que,
dans notre œuvre, il n'y a trace aucune du style maniéré
qui, au milieu du XVIIe siècle, dominait en France
presque chaque œuvre d'art.

Tafel 7. Silberner Pokal oder Trinkschale und irdener Weinkrug aus der 2. Hälfte des 16. Jahrhunderts.

Der Pokal A, dessen Höhe 5" 5''' bei einem Durchmesser von 4" 8''' beträgt, stammt aus der Werkstätte der Augsburger Silberschmiede, deren Name in allen Gegenden Ansehen genoss. Die Schale mit acht halbkugelförmigen Vertiefungen wie der Fuss ist in Silber getrieben, das dreifach am Schafte vorspringende Ornament in gleichem Metalle gegossen. Mit Ausnahme des letzteren und der Innenseite des Fusses sind alle Theile vergoldet. Im Innern der Schale erscheinen 2 eingravirte bürgerliche Wappen, — wohl die des ursprünglichen Besitzers. Sie sind von eingeschlagenen Ornamenten umgeben und unter B in Originalgrösse dargestellt.

Der Krug C hat 9" in der Höhe, 4" 8''' im Durchmesser und ist aus hellblaugrauer stark gebrannter Erde — sogenanntem Steingut — gefertigt. Seine Grundform erhielt er auf der Drehscheibe; die Ornamente am Halse sind in Formen gepresst und aufgesetzt, alle andern einfach mit Stempeln eingedrückt. Der Grund der Löwenköpfe, die senkrechten Hohlkehlen auf dem Untertheile des Bauches sind mit Schmalte blau ausgemalt. In den Ornamenten des Halses erscheint die Zahl 95 — das Jahr 1595 bezeichnend und das Monogram des Meisters: I. M. Was diesen Krug, abgesehen von seinen besonders schönen Verhältnissen, als Seltenheit auszeichnet, ist die Fassung von Silber, mit welcher ihn sein Besitzer — etwa ein Abt — schmücken liess. Dieselbe besteht aus dem oberen Rande mit Deckel, beides gravirt, wie D und E originalgross zeigen, dann aus einem fein gegliederten Reife mit einem Engelsköpfchen am Untertheile des Halses und einem gleichen am Fusse. F zeigt den Hebel zum Oeffnen des Deckels in Silber gegossen, eine Sirene darstellend.

Tafel 8. Schmuckkästchen aus der Mitte des 14. Jahrhunderts, von Oben und von der Vorderseite dargestellt. Dasselbe ist mit violettem Sammt überzogen; die Bänder und Beschläge, in welchen sich blau emaillirte Rosetten befinden, sind von Kupfer und stark im Feuer vergoldet, ebenso die 8 Wappenschilde auf dem Deckel, deren Farben flach in Email eingelassen sind. Die Klappe, welche von dem Deckel ausgehend in das Schloss auf der Vorderseite einfällt, ist, von der Seite gesehen, in Umriss unter A besonders beigefügt; B zeigt eines der drei Bänder, welche auf der Rückseite senkrecht herablaufen und zugleich die Scharniere am Deckel bilden. Auf letzterem befinden sich in Wiederholung die Wappenschilde von Cleve mit acht Kleestengel auf rothem Felde, welche sich in der Mitte auf einem kleineren silbernen Schilde vereinigen, von Geldern mit goldenem Löwen auf blauem Felde und von Mecheln mit drei rothen senkrechten Balken auf goldenem Felde.

Planche VII. Bocal d'argent ou coupe à boire et cruche de terre de la seconde moitié du XVIe siècle.

Le bocal A, hauteur 5" 5''', diamètre 4" 8''', sort de l'atelier des orfèvres d'Augsbourg, si généralement réputés.

La coupe avec ses huit ornements en bosses hémisphériques est en argent repoussé, ainsi que le pied qui est également bosselé. Les trois ornements en saillie du fût du pied sont aussi d'argent, mais fondu. A l'exception de ces derniers ornements et de l'intérieur du pied, les autres parties sont dorées. A l'intérieur de la coupe sont gravées deux armoiries bourgeoises, celles probablement du premier propriétaire. Elles sont entourées de cinq pièces d'ornement en creux, et représentées sous B avec les dimensions originales.

La cruche ou bocal C, hauteur 9", diamètre 4" 8''', est d'un gris gris bleu clair. Sa forme principale lui a été donnée au tour; les ornements appliqués du goulot ont été moulés, tous les autres sont simplement estampillés. Les cannelures verticales sur la partie inférieure de la panse sont peintes en bleu d'émail, ainsi que le fond des têtes de lion. Parmi les ornements du goulot se trouve le monogramme du maître: I. M. avec le nombre 95, indiquant le millésime 1595.

Ce qui fait une rareté de cette cruche, à part la beauté de ses proportions, c'est la monture d'argent, qu'y fit appliquer le propriétaire, vraisemblablement supérieur d'une riche abbaye. Cette monture consiste dans la bordure supérieure avec le couvercle, chacune de ces parties gravée et représentée sous D et E avec les dimensions originales, puis dans une baguette de fines moulures, au bas du goulot et dans une autre toute pareille sur le pied; cette dernière baguette, comme celle du goulot, est encore ornée d'une petite tête d'ange. F est la pomme qui sert à lever le couvercle et qui représente une sirène.

Planche VIII. Écrin du milieu du XIVe siècle, représenté en d'en haut et de face. Il est recouvert de velours violet; les peintures et garnitures, ornées de rosaces en émail bleu, sont en cuivre fortement doré au feu, ainsi que les huit armoiries du couvercle, légèrement émaillées. La pièce qui, sortant du couvercle, entre dans la serrure, est représentée sous A en contours seulement et vu de face. B montre une des trois peintures qui descendent verticalement sur la face postérieure et forment en même temps la charnière du couvercle. Sur ce dernier se trouvent répétées les armoiries de Clèves qui sont de gueules avec huit tiges de trèfle réunies au milieu sur un plus petit écu, de Gueldre qui sont d'azur avec des lions d'or, et de Malines qui sont d'or avec trois pals de gueules verticaux.

L'origine de cet ouvrage peut se déduire non-seulement de la forme simple et caractéristique du travail sur

Die Ursprungsperiode dieses Werkes spricht sich nicht nur durch die einfache charakteristische Form der Metallarbeit im gothischen Stile, sondern auch durch den Inhalt der darauf befindlichen Wappenschilde aus, über welchen wir nachstehend dankenswerthen Aufschluss durch die reichen Geschichtsquellen des germanischen Museums in Nürnberg erhielten.

Als Wappen der Grafen von Mecheln gibt zwar Siebmachers Wappenbuch einen fünfmal gespaltenen Schild Gold und roth; gute Abbildungen aus früher Zeit zeigen aber wie hier drei rothe Pfähle auf goldenem Felde. Der goldene Löwe von Geldern auf blauem Felde erscheint bis gegen Mitte des 14. Jahrhunderts in mit Schindeln bestreutem Felde, von da ab aber seit 1339, wo die Grafen den Herzogtitel erhielten, wie hier ohne die Schindeln, und von da an erhielt auch der Löwe den doppelten achterförmig gelegten Schweif, wie er hier sichtbar ist.

Nahe Beziehungen der genannten Häuser zu einander bestanden gegen Mitte des 14 Jahrhunderts. Es vermählten sich die beiden Töchter ihres Hauses, (erst Graf, dann Herzog) von Geldern († 1343) und seiner Gemahlin Sophia von Berthout, Gräfin zu Mecheln († 1331) mit Grafen von Cleve, die eine nämlich, Margaretha, mit Grafen Dietrich dem Frommen († 1347), die andere, Mechthild, im Jahre 1342 mit dessen Bruder Johann II., dem letzten Grafen von Cleve, nach dessen Tode, den 16. November 1368, Cleve an die Grafen von der Mark überging. Genannte Sophie war die Erbtochter ihres Hauses; die durch sie erworbenen Rechte auf Mecheln verkaufte Reinald im Jahre 1333 an Ludwig von Nevers, Grafen von Flandern, was einen dreijährigen Krieg zwischen dem Letzteren und dem Herzoge von Brabant zur Folge hatte. Es ist also nach der Zusammenstellung dieser Wappenschilde nicht zu zweifeln, dass dieses Schmuckkästchen für eine jener beiden Clevischen Gräfinnen, nach der gewöhnlichen Art mit den Wappen ihrer Eltern (Reinald von Geldern und Sophia von Mecheln) gefertigt wurde.

Tafel 9. Hölzerne Brodschüssel aus der ersten Hälfte des 16. Jahrhunderts.

In diesem Gegenstande liefern wir das Beispiel eines sehr verbreiteten Industriezweiges jener Periode, für welchen häufig die grössten Künstler Ideen und Zeichnungen lieferten. Mit dem Schlusse des 15. Jahrhunderts bis in die Mitte des 17. finden wir Holzschüsseln für Backwerk und trockene Speisen mit Bildwerk geziert, welche auch als Zierden auf den Schenktischen und in den damals beliebten Schaukästchen aufgestellt wurden. Die meisten des 16. Jahrhunderts entstanden zu Nürnberg und wurden, nachdem sie aus Holz gedrechselt waren, durch die Nürnberger Zunft der Wissmuthmaler mit Bildwerken geschmückt, in welchen bei frischen Farben Wissmuthweiss und versilberter Grund vorherrschte. Gegen Schluss dieses Jahrhunderts bemächtigte sich auch die Oehlmalerei dieses Gewerbszweiges.

metal, qui est en style gothique, mais de la signification des armoiries qui s'y trouvent et dont nous devons l'explication que nous en donnons, aux riches sources historiques du Musée germanique de Nuremberg.

D'après le Livre des armoiries de Siebmacher, les armoiries des comtes de Malines seraient un écu parti de cinq traits d'or et de gueules; mais d'anciennes et fidèles représentations de ces armoiries constatés donnent comme ici trois pals de gueules sur champ d'or. Le lion d'or sur azur de Gueldre apparaît jusque vers le milieu du XIVe siècle sur champ billeté. Mais depuis cette époque, c'est-à-dire depuis 1339 où les comtes reçurent le titre de duc, leurs armoiries restèrent telles qu'elles se trouvent ici, sans billettes. C'est aussi depuis cette époque que le lion y est représenté avec la double queue, pliée en forme de 8, telle que nous la voyons ici.

Dès le milieu du XIVe siècle, ces deux maisons sont unies entre elles par les liens du sang. Les deux filles de Reinald II (Renaud), d'abord comte, puis duc de Gueldre, mort en 1343, et de son épouse Sophie de Berthout, comtesse de Malines, morte en 1331, furent mariées à des comtes de Clèves: l'une, Marguerite, avec le comte Thierri le Pieux, mort en 1347; l'autre, Mathilde, en 1342, avec le frère du dernier, Jean II, dernier comte de Clèves, car, après sa mort, le 16 novembre 1368, Clèves passa aux comtes de la Mark. Cette Sophie qu'on vient de nommer, était la fille héréditaire ou l'héritière de sa maison. Les droits de cette dernière, acquis à son mari Renaud, furent vendus en 1333 par ce dernier à Louis de Nevers, comte de Flandre: ce qui occasionna une guerre de trois ans entre Louis et le comte de Brabant.

Après avoir comparé ces écussons, on ne peut douter que cet écrin n'ait été fait pour l'une de ces deux comtesses de Clèves et orné, selon l'usage reçu, des armoiries de leurs parents: Renaud de Gueldre et Sophie de Malines.

Planche IX. Plat à pain, en bois, de la première moitié du XVIe siècle. Cet ustensile de ménage nous présente un échantillon d'une branche d'industrie très-répandue à cette époque, pour laquelle les plus grands artistes fournissaient très-souvent idées et dessins. Depuis la fin du XVe siècle jusqu'au milieu du XVIIe, nous trouvons de ces plats de bois pour pâtisseries et autres mets secs, ornés de sculptures. Ils se plaçaient aussi comme ornements sur les buffets et dans ces cuisines de parade, tant aimées à cette époque. La plupart de ces plats du XVIe provenaient de Nuremberg, où, après avoir été tournés en bois, comme quantité d'articles de même matière, ils étaient ornés de figures par la corporation des peintres en boîtes, aussi dits peintres en bismuth. Ces figures étaient en couleurs vives; le fond argenté et le blanc de bismuth y dominaient. Vers la fin de ce siècle (XVIe) la peinture à l'huile s'empara aussi de cette branche d'industrie.

Das vorliegende Exemplar ist durch seltsame Technik mit Bildwerk versehen. Der breite Rand dieser Schüssel hat eine starke Ueberlage von festem Kreidegrund, in welchen die Zeichen der vier Evangelisten und vier verschiedenartige Laubornamente in gothischem Stile stark eingravirt sind; dieselben erscheinen besonders in Folge des aus vertieften freien Zackenlinien bestehenden Grundes ziemlich erhaben. Ueber diese ganze Verzierung ist die Schüssel bis zu dem viereckigen Mittelbilde vergoldet; letzteres besteht aus dem Papierdrucke eines Holzschnittes, Christus am Kreuze darstellend, welcher aufgeklebt, leicht colorirt und wie die ganze Schüssel mit einem Firniss überzogen ist. Dieser bekannte Holzschnitt wurde von dem berühmten Hans Scheuflein aus Nördlingen, Schüler des A. Dürer, († 1540) auf den Holzstock gezeichnet und von einem Formschneider, welcher sein Monogramm H. F. zu jenem des Scheuflein setzte, ausgeschnitten. Die Ornamente in braunen breiten Strichen, welche diesen Holzschnitt zunächst umgeben sind in die Schüssel gemalt. Wir finden hier eine praktische Nutzanwendung der vielen Holzschnitte, welche besonders aus Dürers Schule hervorgingen; manche Meister arbeiteten vorzugsweise für solche gewerbliche Zwecke, besonders der so überaus produktive Künstler Jost Aman, welcher im Jahre 1560 von Zürich nach Nürnberg übersiedelte, lieferte eine grosse Menge von Holzschnitten für die Schweizer, Nürnberger und Augsburger Schachtelmacher, welche durch Schablonen colorirt und der Deckel und auch als Frieszverzierung der Seitenwände auf die Schachteln und Holzkästchen geklebt wurden. Unter den Werken dieses Meisters sind besonders jene, welche solche Bestimmung hatten, die allerseltensten, welche man nicht leicht in Kabineten findet.

Tafel 10. Majolika-Geschirre aus der Mitte des 16. Jahrhunderts.

Majolika-Vasen, Kannen, Krüge, Schüsseln und Teller mit Malereien der schönsten und seltensten Art, von ihrem Entstehen an bis zu ihrer Verfallzeit, befinden sich in einem eigenen passend dazu eingerichteten „Majolikazimmer" des fürstlichen Schlosses zu Sigmaringen. Majolika-Gefässe, genannt nach der Insel Mayorka, wo sie zuerst gefertigt sein sollen, spielen in der Geschichte der Kunst und Industrie eine grosse Rolle. Man versteht darunter Geschirre von gebrannter Thonerde, glasiert und in der Regel mit eingebrannten Farben bemalt, wobei zu bemerken ist, dass die Masse der Erde gelblich und die Glasur darauf undurchsichtig weiss ist, während bei dem schon früher in China gebräuchlichen Porzellan die durch das Feuer gleichsam stark verglaste Erdmasse selbst weiss und durchscheinend ist.

Ueber Ursprung und Fabrikation der Majolika findet man u. A. Näheres in dem Werke „Histoire des arts industriels par Jules Labarte, Paris 1864.

Geraume Zeit waren Majolikas in Deutschland fast nur unter dem Namen „Rafaels-Geschirre" bekannt, weil man annahm, dass dieser Künstler viele der Art eigenhändig gemalt habe. So viel ist sicher, dass Rafael und die be-

Le présent exemplaire, orné de figures, se fait remarquer par la singularité des procédés techniques employés à son exécution. Le large bord de ce plat est recouvert d'une forte couche de blanc à dorer, sur laquelle sont gravés en style gothique les emblèmes des quatre évangélistes et quatre ornements divers en feuillage. Ce qui les fait paraître plus en relief encore, c'est le fond, composé de pures lignes entre-croisées et gravées en creux. Par-dessus ce fond gravé, le plat est doré jusqu'au tableau carré du milieu. Ce dernier, représentant le Christ sur la croix, consiste dans l'impression sur papier d'une gravure en bois, laquelle impression fut collée, légèrement coloriée et recouverte d'un vernis, ainsi que le reste du plat. Cette gravure comme fut dessinée sur bois par le célèbre Hans Scheufleu de Noerdlingen, élève d'Albert Durer, mort en 1540, et livrée ensuite pour être travaillée à un tailleur de formes ou de moules, qui ajouta son monogramme H. F. à celui de Scheufleu.

Les ornements à larges traits bruns qui entourent de plus près cette gravure en bois sont peints dans le plat. Nous trouvons ici l'emploi pratique des nombreuses gravures en bois qui sortirent surtout de l'école de Durer. Quelques artistes aimaient à travailler pour des industriels et particulièrement, Joss Aman, cet artiste si fécond qui en 1560 vint de Zurich s'établir à Norenberg. Il fournit une grande quantité de gravures en bois aux faiseurs de boîtes de la Suisse, de Nuremberg et d'Augsbourg. Ces gravures, coloriées au moyen de patrons, se collaient sur les couvercles ou, comme plates-bandes, sur les parois des boîtes et des coffrets en bois.

Parmi les ouvrages de ce maître, les plus rares, ceux qu'on trouve difficilement dans les cabinets, sont ceux de cette destination.

Planche X. Faïences. Vaisselle du milieu du XVIe siècle: vases, cannettes, cruches, plats, assiettes, ornée des plus belles et des plus rares peintures, depuis son origine jusqu'à sa décadence.

Tous ces objets sont placés à part dans un Cabinet dit des faïences au Château du Prince de Sigmaringen. La faïence, nommée aussi majorique de l'île de Majorque où elle fut, dit-on, fabriquée pour la première fois, joue un grand rôle dans l'histoire de l'art et de l'industrie. On entend par faïences cette vaisselle de terre cuite, vernissée et ordinairement peinte. Ce qu'il y a à observer dans cette vaisselle, c'est que la masse jaunâtre et le vernis qui la recouvre, ne sont pas transparents, tandis que dans la porcelaine, découverte antérieurement en Chine, la masse, même, quasi vitrifiée par le feu, est blanche et transparente. — Voir pour les détails sur l'origine et la fabrication de la faïence ou majorique l'ouvrage intéressant de Jules Labarte: Histoire des arts industriels, Paris 1864.

Pendant long temps, la faïence ne fut connue en Allemagne que sous le nom de vaisselle de Raphaël, parce qu'on croyait qu'elle était peinte en grande partie de la

rühmtesten Künstler seiner Zeit Zeichnungen dazu lieferten, und schon im 15. Jahrhundert wurden oft die Compositionen des Bernardino Pinturicchio und Simon Memmi als Vorbilder für Majolikamalereien benutzt. Im Laufe des 16. Jahrhunderts wurden viele Geschirre der Art auch in Deutschland gefertigt, und nicht nur da, sondern selbst in Italien häufig die Zeichnungen der berühmtesten ober- und niederdeutschen Meister angewendet.

A. Eine Frucht- oder Confektschale von innen gesehen. Die Bemalung, eine auf einem Delphin sitzende Nymphe, besteht wie in der Regel aus zart verschmolzenen Farben, bei welchen das Blau vorherrscht. — B dieselbe von der Vorder- und C von der Rückseite gesehen. Während die Malerei im Innern flach ist, erscheinen die Ornamente aussen wenig erhaben in Formen gepresst, weiss auf blauem Grunde.

D. Ein Majolikateller mit gemalter Landschaft. E zeigt den Durchschnitt desselben; F ein anderer mit weiblicher Figur auf einem Felsen ruhend, G dessen Durchschnitt.

Tafel 11. Prachtdegen aus dem Anfange des 17. Jahrhunderts.

Der Knopf wie die Spangen des Griffes sind von Kupfer und im Feuer vergoldet. In den länglich viereckigen Vertiefungen darauf sind die Ornamente eingelassen, diese bestehen, soweit sie eine solche Vertiefung ausfüllen, aus einem zusammenhängenden Laubwerke mit durchbrochenem Grunde, ebenfalls aus vergoldetem Kupfer, in welchem die einzelnen Blätter blau, schwarz und weiss emaillirt sind, und zwar so, dass eine jede dieser Farben mit einem Goldstreifen umgeben ist.

Der Theil des Griffes, welchen die Hand erfasst, wurde nach den alten Ueberresten von mit Silberdraht umflochten, und der obere Theil der Klinge von der Handhabe an bis zur unteren Spange auf's Neue mit rothem Sammt überzogen; auf diesem ruhten die Finger, welche bei dem Fechten über die Parirstange gelegt wurden.

Die unterste Spange des Griffes ist in Umriss von oben gesehen der Abbildung besonders beigefügt.

Die Klinge des Degens, von welcher in dieser Abbildung nur der obere Theil zu sehen ist, hat in der Mitte eine wenig vertiefte Hohlkehle, welche sich in der oberen Hälfte derselben verliert. Die volle Länge der Klinge beträgt 3 Fuss 3 Zoll.

Was die geschichtliche Entwicklung der für eine jede Periode charakteristischen Schwertformen betrifft, verweisen wir auf unsere „Trachten des christlichen Mittelalters", indem wir hier nur die Technik und Geschmacksrichtung dieses Werkes ins Auge fassen können.

Tafel 12. Maria mit dem Kinde von Elfenbein aus dem Anfange des 15. Jahrhunderts, in ⁶/₇ der Originalgrösse dargestellt.

Hiermit geben wir ein Werk deutscher und christlicher Sculptur aus dem Schlusse ihrer eigentlichen Blüthezeit,

propre main de cet artiste. Ce qu'il y a de vrai, c'est que Raphaël et les plus célèbres artistes de son temps fournirent des dessins pour les peintures dont cette sorte de vaisselle est ornée.

Déjà au XVe siècle, on trouve les compositions de Bernardino Pinturicchio et de Simon Memmi, employées comme modèles des peintures sur faïence. Dans le cours du XVIe siècle, il se fabriqua beaucoup de faïences en Allemagne, pour lesquelles non seulement ici, mais même en Italie, les artistes allemands fournissaient souvent les dessins.

A. Coupe à fruits ou confitures, vue de l'intérieur; la peinture, représentant une nymphe assise sur un dauphin, consiste, comme à l'ordinaire, en couleurs doucement fondues, où domine le bleu. — B, la même coupe, vue de devant et C, vue de derrière. La peinture de l'intérieur est mate, mais les ornements extérieurs, blancs sur fond bleu, ont été moulés et sont peu là ou peu en relief.

D. Assiette dont la peinture représente un paysage, dont E montre la coupe. F. Autre assiette avec une figure; reposant sur un roc; G, sa coupe.

Planche XI. Épée de cérémonie du commencement du XVIIe siècle.

Le pommeau et les branches de la poignée sont en cuivre doré. Les ornements sont pratiqués dans des enfoncements en carrés longs; ils consistent en feuillages sur fond découpé et doré. Chaque feuille émaillée en bleu, en noir ou en blanc, est entourée d'un filet d'or. A la partie de la poignée que saisit la main, le travail en fils d'argent entrelacés a été refait à neuf sur le modèle de ce qui en restait. De même, on a recouvert à neuf de velours rouge la partie supérieure de la lame, comprise entre la garde et les pans creux, c'est-à-dire depuis la garde jusqu'au point où descend la branche inférieure. C'est donc cette partie de la lame où dans l'escrime se posent les doigts en passant par-dessus la garde. A la figure de l'ensemble ont été ajoutés à part les contours de la branche inférieure de la poignée.

La lame de l'épée dont la figure ne donne que la partie supérieure, n'a pas pour creux qui se perd en se rapprochant de la pointe.

La longueur totale de la lame est d'un mètre.

Pour ce qui regarde le développement historique des formes d'épée, qui caractérisent chaque période, nous renvoyons à notre ouvrage des „Costumes du moyen-âge chrétien", ne considérant ici que le travail et le style de notre objet.

Planche XII. La Vierge avec l'Enfant-Jésus, statuette en ivoire du commencement du XVe siècle, en ⁶/₇ de la grandeur de l'original.

Nous donnons ici une oeuvre de sculpture allemande chrétienne des derniers temps de sa splendeur qui commença avec le XIIIe siècle. Ce fut pendant cette courte période que l'architecture gothique parvint à son plus haut point de perfection et exerça principalement son

welche mit Beginn des 13. Jahrhunderts ihren Anfang nahm. Es war zugleich die kurze Periode in welcher die gothische Architektur in vollem Flore stand, und sowohl durch Innigkeit, wie ideale Richtung ihren Einfluss ganz besonders auf die ihr zunächst stehende Sculptur ausübte. Vor dieser Zeit waren die äusseren Formen der Plastik noch zu wenig ausgebildet, um der ihr zu Grunde liegenden Empfindung den vollen Ausdruck zu geben; und nach derselben drängten sich häufig technische Geschicklichkeit und Naturalismus auf Kosten des inneren Seelenlebens in den Vordergrund. In diesem einfachen Werke einigt sich Entschiedenheit des Styls, kindliche Empfindung wie edle Auffassung ziemlich in gleichem Masse. Da der Verfasser sein Urtheil über dieses Werk nicht als maassgebend aussprechen wollte, zeigte er es dem grossen Meister der neuen Zeit Peter von Cornelius, der mit seinem Schönheitsgefühl im Erkennen mittelalterlicher Kunst seiner Zeit vorausgeeilt war. Derselbe erklärte diese Statuette als eine bedeutende und tief empfundene Schöpfung christlicher Kunst, welche zu den Besten gehöre, was ihm in der Art zu Gesicht gekommen; auch stimmte er bei, dass sie entschieden deutschen Ursprungs sei, während die Werke dieser Richtung häufig Italien zugeschrieben wurden.

Tafel 13, 14 und 15. Kelch mit der dazu gehörigen Patena, aus den letzten Jahren des 13. Jahrhunderts, von Silber, vergoldet und reich mit emaillirtem Bildwerk geziert. Für seinen Ursprung in Deutschland und in genannter Periode spricht nicht nur die Form des Ganzen in frühgothischem Style, sondern auch insbesondere der Charakter der Ornamentik, wie die bildlichen Darstellungen und die Technik der Emaillarbeit. — Nach dem auf einem runden Silberplättchen gravirten Wappen zu urtheilen, welches später in die innere Höhlung des Fusses eingesetzt wurde, war dieser Kelch im Besitze des Bischofes zu Konstanz, Franz I von Prassberg, Vogt von Alten-Sommerau, der von 1645 bis 1689 regierte.

Die erste Tafel unserer Darstellung zeigt den ganzen Kelch in perspektivischer Ansicht, die zweite die zwölf Emaillbilder desselben und die dritte die Patena; dabei unter A in kleiner geometrischer Zeichnung nochmals der ganze Kelch mit beigefügtem Maassstabe, weil sich zum Zwecke der Ausführung für einen Silberarbeiter in der perspektivischen Ansicht die Masse und Verhältnisse nicht genau entnehmen lassen; aus demselben Grunde unter B ein Drittheil des Knopfes, nodus unter der Cuppa und C ein Theil des Fusses; Beides in Originalgrösse von oben gesehn.

Auf dem Fusse des Kelches sind sechs grössere und auf dem nodus (Knauf) sechs kleinere Emaillbilder eingesetzt. Die Flügel der sechs erhaben gearbeiteten Engel, Halbfiguren in Wolken, am Rande des Fusses, sind in verschiedenen Farben emaillirt, während die obern sechs keine Farben haben.

Die durchbrochenen gothischen Rosetten über und unter

influence sur sa sœur, la Sculpture, tant par l'attrait que par la profondeur de ses conceptions. Avant cette époque, les formes de la plastique étaient encore trop peu perfectionnées pour servir d'expression au sentiment qu'elles avaient à rendre; et, plus tard, on vit l'habileté technique et le naturalisme dominer sans art et sans dépens de l'inspiration.

Cette œuvre, toute simple qu'elle est, naît, presque au même degré et dans un style prononcé, la candeur de sentiment et la grandeur de conception.

L'auteur, ne voulant pas donner comme décisif son jugement sur cette œuvre, la fit voir au grand maître des temps modernes, Pierre Cornelius, dont le sentiment du beau lui a fait découvrir son temps dans l'appréciation des œuvres d'art du moyen-âge. Ce grand artiste a déclaré cette statuette une création importante et profondément émue de l'art chrétien, au des meilleures ouvrages du genre qui lui soit venu sous les yeux. Il tomba aussi d'accord avec nous qu'elle était décidément d'origine allemande, quoique souvent on attribuait à l'Italie les ouvrages de même style.

Planches XIII, XIV et XV. Calice avec sa patène, des dernières années du XIIIe siècle en argent doré, orné de riches ornements peints en émail. Son origine allemande à l'époque indiquée ressort non seulement de la forme de l'ensemble qui appartient au premier âge de style gothique, mais encore particulièrement du caractère de l'ornementation, des peintures et du travail même de l'émail. — A en juger d'après les armoiries gravées sur une petite plaque ronde en argent, qui plus tard fut placée dans la cavité du pied, ce calice appartenait à l'évêque de Constance, François I de Prassberg, qui régna de 1645 à 1689.

La première planche représente le calice entier en vue perspective, la seconde, les douze petits tableaux en émail, et la troisième, la patène. Sous A se voit encore un petit dessin géométrique du calice entier, accompagné d'une échelle, ce qui a été fait pour en faciliter l'exécution à l'orfèvre, la vue perspective seule n'indiquant pas exactement les mesures et les proportions. Pour la même raison, se trouve sous B un tiers du pommeau ou nœud au-dessous de la coupe, et, sous C, une partie du pied: les deux parties, vues d'en-haut et en grandeur originale.

Sur le pied du calice sont incrustés six grands tableaux en émail, et, sur le nœud six autres plus petits. Les ailes des six anges en relief, demi-figures dans les nues, au bord du pied, sont émaillées de diverses couleurs, tandis que les six d'en-haut n'ont point de couleur.

Les rosaces gothiques à jour, au-dessus et au-dessous du nœud, laissent percer un émail de trois couleurs, vert, bleu et rouge.

3

em nodus sind mit grünem, blauem und rothem Email nterlegt.

Die Emailbilder auf dem Fusse und auf den sechs 'orsprüngen des nodus geben wir in Originalgrösse auf 'afel 14; sie sind in jener Art der Technik gearbeitet. 'elche Jules Labarte „les émaux translucides sur ciselure n relief" nennt und erst gegen Ende des 13. Jahrhunderts i allgemeine Anwendung kommt.

Die Gesichter, Hände, Heiligenscheine und wenige ndere Theile zeigen das vergoldete Silber. Die Gewänder 'urden vor der Emaillirung etwas in die Tiefe gelegt und icht nur mit dem Grabstichel gravirt, sondern auch mit ein Ciselireisen etwas gerundet und modellit, dann mit der urchsichtigen Emailfarbe gedeckt, wodurch das plastische nsehen der Ciselirung erhöht wurde. In gleicher Weise eigt der blaue Grund dieser zwölf Emailbilder die damast- rtige Gravirung der Metallunterlage. Die Stellen des durch- chtigen Emails, wie des vergoldeten Silbers, bilden durch ren Schliff eine egale Oberfläche.

Die Darstellungen der Bilder auf dem Fusse sind: die Verkündigung. B die Geburt Christi. C Christus am elberge. D die Kreuztragung, E Christus am Kreuze die Auferstehung. Jene kleineren auf den Vorsprüngen es Knopfes stellen in Halbfiguren sechs Heilige dar: G ohannes der Täufer, H Johannes der Apostel, I Paulus, Petrus, L Philippus, M Bartholomäus.

Die Patena auf Tafel 15 in Originalgrösse und dabei uter E deren Durchschnitt zeigt in ihrer Mitte von gleicher mal und Technik das grössere Emailbild: Christus als alvator auf dem Throne sitzend, mit der Rechten segnend nd in der Linken das Evangelium haltend. Aehnlich wie hon in einigen Stellen der vorgenannten Emailbildchen igen sich hier auf dem blauen Unterkleide und dem gelben itzkissen eingeschmolzene leichte Kreuzlinien und in dem lauen Grunde goldne Pünktchen, welche in dem durch- chtigen Email gleichsam schwimmend erscheinen.

Durch kirchliche Vorschrift war ausser solchem ganz latten Emailbildwerke jedes andere auf der Patena unter- gt, weil möglicher Weise Theilchen der Hostie daran ngen bleiben könnten; später erscheint aber auch selbst eses nicht mehr.

Wenn wir die gute Erhaltung dieses Kelches mit atena, die Durchbildung seiner Form, die Emailbilder in schwieriger Technik, welche in den Darstellungen bei ler kindlicher Befangenheit Grossartigkeit in den Motiven kennen lassen, in's Auge fassen, so müssen wir sagen, ss dieses Werk zu den Seltensten und Kostbarsten gehört, as uns in jetziger Zeit ein Museum vorführen kann.

Tafel 16. Sporne von Eisen mit Gold- und Silber- nlagen aus dem Ende des 16. Jahrhunderts.

Der rechte Sporn A wurde von einem Landmanne aus r Gegend von Sigmaringen in Kalifornien gefunden und elangte durch einen Verwandten desselben in die fürstliche ammlung. Es bleibt kein Zweifel, dass ihn daselbst ein

Les émaux du pied et des six zailles du nœud sont représentés en grandeur originale sur la planche 14. Ils sont travaillés d'après le procédé technique des émeux que Jules Labarte désigne sous le nom d'„émaux trans- lucides sur ciselure en relief" et qui ne devinrent d'une application générale que vers la fin du XIIIe siècle.

Les visages, les mains, les nimbes et quelques autres parties ont conservé la dorure de l'argent. La draperie a été légèrement creusée avant l'émaillure, et non-seulement gravée au burin, mais encore arrondie et façonnée au ciseau. Couverte ensuite de l'émail translucide, elle a gagné cet air de plastique qui sert à relever encore la ciselure. C'est de la même manière que le fond bleu des douze peintures en émail laisse percer la gravure damasquinée du métal qui se trouve dessous. Les émaux transparents et l'argent doré présentent une superficie égale par le poli et la taille qu'ils ont subis.

Les Sujets des tableaux du pied sont: A l'Annon- ciation, B la Nativité, C le Christ sur le Mont des Oliviers, D le Portement de croix, E le Christ sur la croix, F la Résurrection. Les petits tableaux du nœud ou pommeau représentent: G S. Jean-Baptiste, H l'apôtre S. Jean, I S. Paul, K S. Pierre, L S. Philippe, M S. Barthélemie.

La patène se trouve planche 15, en grandeur de l'original, accompagnée de sa coupe E. Elle est ornée d'un tableau, peint en émail, qui en occupe le milieu et représente le Sauveur sur le trône, bénissant de la main droite et tenant l'Évangile de la main gauche. Du reste, cette patène est sortie des mêmes mains, et révèle le même travail que le calice.

A l'instar de quelques parties des petits tableaux en émail ci-dessus, se voient ici, tant sur la draperie bleue que sur le coussin jaune du siège, de fines lignes croisées et, dans le fond bleu, de petits points d'or qui semblent comme nager dans l'émail translucide.

Conformément à une prescription ecclésiastique, la patène ne pouvait avoir d'autre ornement que ces sortes d'émaux plats, afin qu'aucune particule de l'hostie ne pût y rester attaché; et même dans la suite disparut toute espèce d'ornement.

A considérer la belle conservation de ce calice avec sa patène, la perfection de sa forme, le travail difficile de ses émaux dont les peintures allient dans leurs motifs le grandiose à la naïveté, nous sommes amené à conclure que cet ouvrage est des plus rares et des plus précieux que, de nos temps, puisse offrir un musée.

Planche XVI. Éperons en fer incrusté d'or et d'argent, de la fin du XVIe siècle.

L'éperon droit A a été trouvé en Californie par un paysan des environs de Sigmaringen et parvint par le canal d'un parent de ce dernier dans la collection du Prince. Il est hors de doute qu'un grand d'Espagne le perdit dans ce pays lointain qui était alors une

vornehmer Spanier verlor, als Kalifornien ein spanischer Besitz war; auch zeigt dieser höchst künstlich und zierlich in Eisen geschmiedete Sporn die Eigenthümlichkeiten des spanischen Renaissancestyls der genannten Periode und auf seiner rechten Seite den Löwen von Leon in Silber eingeschlagen; es lässt sich annehmen, dass auf dem linken Sporn das Wappen von Kastilien, ein Kastell in ähnlicher Weise angebracht war. Der Theil, welcher sich um die linke Seite des Fusses legt, ist anders und einfacher als der entgegengesetzte; den Auslauf desselben, welcher sich in der Totalansicht A von hinten gesehen, der Perspektive wegen sehr verkleinert geben wir unter B in Originalgrösse von vornen. — Auf eigenthümliche Weise sind die vier Ornamente, welche kleinen Vasen mit Bäumchen gleichen von Gold in das schwarze Eisen eingesetzt und die Dachziegel wie wellenartige Streifen mit Gold eingeschlagen.

C und D zeigen deutsche Sporen, welche gegen das Ende des 16. Jahrhunderts allgemein wurden, und noch im dreissigjährigen Kriege erscheinen. Sie sind ebenfalls von sehr zartem Eisen mit stark erhabenen eingeschlagenen Ornamenten von Silber, was man die Tauscherarbeit nennt.

Das Innere der Spangen, welche sich um den Fuss legen wie die Räder waren nach noch erhaltenen Spuren vergoldet.

Das Wesentliche dieser Spornformen mit nicht sehr langen abwärts gebogenen Hälsen erscheint schon im 14. Jahrh.; im 15. wurde es durch die langen gestreckten geradehalsigen Spornen verdrängt und trat in vorliegender Weise wieder gegen Schluss des 16. Jahrhunderts auf.

Tafel 17. Krystallkreuz und Kokosnusspokal aus dem Ende des 16. Jahrhunderts. Ersteres wurde für die fürstliche Sammlung in Portugal erworben; es bildet ein Reliquiarium, indem es im Mittelpunkte des Kreuzes in besonderer Fassung einen Splitter des Kreuzes Christi (Kreuzpartikel) enthält. Das Ganze besteht aus drei Stücken von Bergkrystall, dem Kreuze selbst, welches künstlich aus einem Stücke geschliffen ist, dem birnförmigen Mittelstück, vorne gewölbt, hinten fast flach, und dem Postamente in Form eines Felsens. Diese drei Krystalltheile sind durch Fassungen von vergoldetem Silber verbunden, durch welche auch der Untersatz des Ganzen mit drei Engelsköpfchen und drei niederen Füssen gebildet ist.

Der Kokosnusspokal B besteht aus einer wirklichen Kokosnuss in stark vergoldetes Kupfer gefasst; dasselbe bildet den obern Ansatz, den Fuss und die drei breiten Spangen, welche ersteren mit letzterem verbinden. Diese Metallarbeit ist mit Ornamenten theils ciselirt, theils gravirt. Einen Theil dieser Gravirung am obern Rand geben wir unter C in Originalgrösse und ausgestreckter Form, ebenso unter D einen Theil jener auf dem Fusse und unter E einen der Fassung, welche sich oben an die Kokosnuss

possession espagnole. Cet éperon, forgé en fer avec art et élégance, porte aussi l'empreinte toute particulière du style espagnol de la Renaissance qui dominait à l'époque désignée ci-dessus, et sur sa face droite se trouve incrusté le lion de Léon en argent, de même que les armoiries de Castilles, un castel, se trouvaient appliquées de la même manière sur l'éperon gauche, comme on peut vraisemblablement le supposer. La branche gauche de notre éperon, c'est-à-dire celle qui s'applique sur la face gauche du pied, est tout autre et plus simple que la branche droite en opposée. Cette branche gauche, vue de derrière, se trouvant très-diminuée dans la vue totale A par l'effet de la perspective, nous la reproduisons sous B vue de devant et dans la grandeur de l'original. — Les quatre ornements, qui ressemblent à de petits vases à arbustes, sont d'un travail tout particulier; c'est une espèce de dessin travaillé sur le fer avec des filets d'or incrustés.

C et D représentent des éperons allemands dont l'usage devint général vers la fin du XVIe siècle et même encore pendant la guerre de trente ans. Ils sont également en fer noir, les ornements en argent sont incrustés et offrent un relief assez fort. C'est ce genre de travail qui se nomme en français damasquinure et en italien damasca.

L'intérieur des branches qui embrassent le talon, de même que les molettes, était doré, à en juger par les traces de dorure encore conservées.

Déjà au XIVe siècle on voit apparaître cette forme d'éperon dans ce qu'il a d'essentiel, c'est-à-dire dans ces collets peu longs et recourbés de haut en bas. Ces éperons de cette forme furent remplacés au XVe siècle par ceux à tiges longues et droites. Enfin la tige recourbée, telle qu'elle se présente ici, revint en vogue vers la fin du XVIe siècle.

Planche XVII. Croix en cristal et bœuf en noix de coco, de la fin du XVIe siècle. Le premier de ces objets fut acquis en Portugal pour la Collection du Prince. C'est comme un reliquaire qui contient une particule de la Sainte-Croix dans une enchâssure qui se trouve pratiquée au milieu. Le tout consiste en trois morceaux de cristal de roche: la croix même, artistement travaillée en une seule pièce, la pièce du milieu en forme de poire, bombée par-devant, presque plate par-derrière et le socle en forme de rocher. Ces trois parties de cristal sont reliées ensemble par des garnitures d'argent doré. C'est de même d'argent doré que se compose la garniture d'en bas avec trois petites têtes d'anges et trois pieds très-bas.

Le bœuf en noix de coco B est formé d'une véritable noix de cette espèce avec une garniture de cuivre fortement doré. C'est de ce métal aussi doré que se composent la bordure supérieure, le pied et les trois tiges qui servent à lier ce dernier à la première. Toutes les parties métalliques ont des ornements ciselés ou gravés. Nous reproduisons en grandeur de l'original et forme aplatie une partie de la gravure C du bord supérieur, D du

anschliesst. Der Deckel ist durch den Obertheil der Kokosnuss mittelst Fassung und Knopf gebildet. Mit besonderer Vorliebe verwendete man im Mittelalter und namentlich zur Zeit der Renaissance Kokosnüsse, Strausseneier, und Nautilusschnecken, welche man meistens aus dem Oriente von Pilgerfahrten mitbrachte, mittelst kunst- und phantasiereichen Fassungen zu Prachtpokalen.

Tafel 18. Wassergefässe (aquamanilia), von Kupfer und Messing aus dem Anfange des 15. Jahrhunderts.

Solche Gefässe dienten vorzugsweise in den Kirchen bei verschiedenen religiösen Ceremonien zur Handwaschung, fanden aber auch häufig in häuslichen Einrichtungen ihre Anwendung. Sie erscheinen theils als gewöhnliche Kaunen, theils als Löwen, Hunde, Pferde und sogar oft auch als ganze Reiter, deren sich auch schöne Exemplare in der fürstlichen Sammlung befinden. In der Regel stand ein solches Wassergefäss in einer runden Schüssel, welche den Untersatz bildet.

A eine Kanne von besonderer Einfachheit aber doch in charakteristischer Form. B eine mehr gestreckte, wie sie auch oft als Prunkgefäss diente. Der durch einen eidexenartigen Drachen gebildete Henkel ist unter C vom Rücken aus gesehen und die Schnauze oder der Ausguss in Gestalt eines fliegenden Drachens unter D von vorne besonders dargestellt.

Die Kannen in phantastischen Thiergestalten E ein Pferd, F ein grösserer, G ein kleinerer Löwe und H ein Hund haben auf dem Kopfe eine Oeffnung mit Deckel zum Eingiessen des Wassers und auf dem Rücken einen Henkel, welcher durch eine Eidexe oder Schlange gebildet ist. Wenn wir den Styl der Formen dieser Gefässe, besonders jener in Thiergestalt in's Auge fassen, könnten wir ihre Entstehung in das 11. oder 12. Jahrhundert setzen, allein wir haben zureichende Beweise, dass besonders mit Beginn des 15. Jahrhunderts in grosser Anzahl Gefässe der Art gefertigt wurden, bei welchen man sich an die hergebrachten Formen der Vorzeit hielt. Auch wurden sogar häufig bei ähnlichen Arbeiten die vorhandenen Gussformen bis tief in das 16. Jahrhundert benutzt, da einmal das Auge an diese typische Form gewöhnt war, während nebenbei Werke von Gold, Silber, Elfenbein etc., welche auf höheren Luxus Anspruch machten, schon mehrfach ihre Gestaltung und ihren Styl geändert und entwickelt hatten.

pied et E de la garniture qui s'adapte en haut à la noix. Le couvercle est formé de la partie supérieure de la noix de coco au moyen d'une garniture ou monture et d'un bouton.

C'est avec une prédilection toute particulière qu'au moyen-âge et principalement à l'époque de la Renaissance on aimait à transformer en locaux le tournant des noix, comme aussi à ces usages domestiques. Elles se rencontrent tantôt sous la forme ordinaire, tantôt sous la forme de lions, de chiens, de chevaux et souvent même de cavaliers, dont il se trouve de beaux exemplaires dans la Collection du Prince. Pour l'ordinaire, un tel vase à l'eau se plaçait sur un plat rond qui lui servait comme de soucoupe.

A aiguière d'une grande simplicité, mais pourtant de forme caractéristique. B une autre plus élancée, servant souvent dans les cérémonies. L'anse formée d'un dragon est représentée sous C, vue de derrière; le goulot en forme de dragon volant est également représenté à part sous D, vue de devant.

Les aiguières en forme d'animaux fantastiques représentent E un cheval, F un grand lion, G un petit lion et H un chien. Chacun de ces animaux a sur la tête une ouverture avec couvercle par où on les remplissait d'eau, et sur le dos une anse formée d'un lézard ou d'un serpent.

A considérer le style des formes de ces vases, surtout de ceux sous formes d'animaux, nous pourrions en faire remonter l'origine jusqu'au XIe ou XIIe siècle, mais il est suffisamment prouvé que, principalement au début du XVe siècle, des vases de cette sorte furent confectionnés en grand nombre et que les formes traditionnelles des siècles précédents furent conservées. Souvent aussi on se servait, pour ces sortes d'ouvrages, des moules existants, ce qui s'est pratiqué jusque bien avant dans le XVIe siècle. La raison en est sans doute que l'œil était habitué à ces types, tandis qu'on voit d'autre part les ouvrages en or, en argent et en ivoire, objets d'un plus grand luxe, changer souvent de formes et varier avec le développement du style.

Tafel 19. Monile von Silber oder Pluvialschliesse eines Bischofes aus der 2. Hälfte des 15. Jahrhunderts in zwei Ansichten dargestellt.

Das Bildwerk in der Mitte, die Verkündigung der Jungfrau Maria darstellend, ist gegossen und nur theilweise ciselirt. Die Rahmenfassung, in welche dasselbe eingesetzt ist, besteht aus zwei Kränzen mit gothisch stilisirtem Laubwerke, der äussere, stärkere zeigt in 13 blumenartigen Fassungen verschiedene Halbedelsteine, von denen nicht mehr alle die ursprünglichen sind; der innere und feinere schliesst sich mit seinen Laubausläufen unmittelbar an das eingesetzte Bildwerk an, welches aus reinem Silber besteht, während das Silber der Fassung vergoldet ist.

Dieses Werk, von besonderer Innigkeit, zeigt im Ganzen die Strenge und zugleich die Freiheit des gothischen Stils und zwar hier im Bild und Laubwerk, wie anderwärts in den Formen der Architektur und dem mit ihr verbundenen phantasiereichen Masswerke.

Tafel 20. Majolikakanne und Teller aus der 2. Hälfte des 16. Jahrhunderts.

Wir berufen uns auf das, was bereits bei Tafel 10 über die Majolikageschirre im Allgemeinen gesagt ist, und halten uns hier nur zu Beschreibung der beiden vorliegenden Gegenstände. A eine Majolikakanne in charakteristisch italienischer Form, wie dieselbe auch öfter bei Limosingeschirren jener Periode erscheint. Der scharfkantige Ausguss daran ist oben in Art einer Rinne offen, der weite Hals wie der Fuss ist schmaltenblau, die leichten Ornamente darauf vorherrschend weiss, in antikem Style gehalten. Die Bemalung des Bauches besteht aus verschiedenen Waffen und Hausgerathen in vorherrschend blaugrauer Farbe auf braunem Grunde. Auf der Vorderseite des Bauches zeigt sich im Lorbeerkranze ein Wappenschild mit zwei sich kreuzenden Hacken oder Bäcken, derselbe ist unter B in grösserem Massstabe besonders dargestellt. Das Ornament an der Mündung im Innern der Kanne zeigt sich unter C in Originalgrösse, ebenso das am untern Rande des Fusses bei D. Jenes, welches in der Totalansicht am Ansatze des Fusses oben wegen des perspektivisch vorspringenden Bauches nicht gesehen wird, bei E — Das auf der Vorderfläche des Ausgusses unter F und jenes auf der Rückfläche des Henkels unter G.

B ein Majolikateller von gelblich weisser Grundfarbe mit flüchtig entworfenen Ornamenten in röthlich Gelb und Blau, welches nur stellenweise von Schwefelgelb und Grün begleitet ist. In der Mitte erscheint auf ovalem Schildc in schwarzem Grunde eine weisse weibliche Figur, zu welcher wohl die Idee den antiken Kameen entnommen ist. Das ganze Bildwerk zeigt vorzüglich den Geschmack der Pompejanischen Wandmalerei, welche besonders bei Ornamentirung von Flächen in dem italienischen Renaissancestil vorherrscht. Diese Art von Geschirren mit farbigen Ornamenten auf weissem Grunde wurde vorzugsweise in Urbino

Planche XIX. Monile d'argent ou clavette du pluvial d'un évêque, de la seconde moitié du quinzième siècle, représenté sur deux faces.

La figure du milieu, représentant l'Annonciation de la Vierge est coulée, et ciselée seulement par endroits. La monture dans laquelle elle se trouve enchâssée est formée de deux couronnes de feuillage dans le style gothique. La couronne extérieure, la plus forte des deux, présente dans treize montures en forme de fleurs, différentes sortes de pierres demi-fines, qui ne sont plus toutes celles de l'époque. La couronne intérieure, la plus mince, se rattache par les mailles du feuillage à la figure qui est d'argent massif; la monture est en argent doré. Cet ouvrage d'une profondeur de sentiment remarquable dans montre toute la sévérité et en même temps toute la liberté du style gothique, aussi bien dans la figure et le feuillage que dans les formes architecturales et le travail de ciselure plein d'imagination qui s'y rattache.

Planche XX. Un vase à vase et une assiette, majoliques de la seconde moitié du seizième siècle.

Pour ce qui concerne les majoliques en général, nous renvoyons à ce qui a déjà été dit à la planche 10. Nous nous contenterons ici de décrire les deux objets présents. A l'use d'une forme italienne caractéristique qui ne voit fréquemment sur ces vases de Limoges de cette période. Le bec à angles aigus, s'ouvrant en haut en forme de gouttière sur le col largement évasé ainsi que le pied, dont le fond est bleu de cobalt, sont couverts d'ornements légers dans le style antique où le blanc prédomine. L'ornementation du vase se compose d'armes et d'ustensiles domestiques de diverses natures, et est d'une couleur où le gris bleu domine sur un fond brun. Sur la partie antérieure du centre on voit au milieu d'une couronne de laurier un écusson avec deux pioches croisées l'une sur l'autre, qui ne se reproduite à part A et grossi. L'ornement qui se trouve autour de l'orifice à l'intérieur du vase est représenté C dans la grandeur originale, ainsi que celui qui entoure le bord inférieur du pied D. Celui qui est à l'attache du pied, et que la perspective dans la figure générale ne permet pas de voir à cause du renflement, est reproduite à la lettre E, celui de la surface antérieure du goulot et celui de la surface postérieure de l'anse à G.

B assiette en majolique à fond jaunâtre parsemé d'ornements légers jaune rougeâtre et bleus auxquels se mêlent par endroits jaune soufre et vert. On voit au milieu sur un écusson ovale à fond noir une figure de femme blanche dont l'idée peut avoir été empruntée aux camées antiques. Tout le dessin rend admirablement le sentiment des peintures murales de Pompéi, qui domine surtout dans l'ornementation des surfaces planes dans le style italien de la Renaissance. Ce genre de vaisselle à ornements de couleur sur fond blanc a été fabriqué

gefertigt; mehrere sind mit dem Namen dieser Stadt bezeichnet.

Tafel 21. Doppelkreuz und Reliquiarium aus der 1. Hälfte des 12. Jahrhunderts.

Das Doppelkreuz von Kupfer, stark im Feuer vergoldet, zeigt auf der Vorderseite unter A. dargestellt, in einer Fläche goldene Ornamente auf ultramarinblau emailirtem Grunde und im Mittelpunkte der zwei Kreuzbalken zweimal fast ganz gleichförmig das Brustbild eines Engels auf bläulich grünem Emailgrunde. Die wenigen Lineamente in diesem Bildwerke sind eingravirt. Die flache Rückseite B ist mit verschiedenartigen Steinen besetzt, welche nicht mehr alle die ursprünglichen sind, der unterste fehlt ganz, nur noch die Spuren seiner Befestigung sind zu sehen. Dieses Kreuz endet unter dem Knopfe in eine Hülse, so dass es bei kirchlichen Feierlichkeiten auf einer Stange getragen, aber auch auf ein Postament gesetzt werden konnte. Ein derartiges Doppelkreuz, welches in den früheren christlichen Perioden noch nicht vorkommt, wird das Lothringische erzbischöfliche oder das Patriarchalkreuz genannt, aber dreifach ist es das päpstliche Kreuz

C, D und E ein Reliquiarium in Form eines Moniles von drei Seiten dargestellt; es wurde auf der Brust oder als Mantelschliesse getragen, worauf die vier daran befindlichen Oehren hinweisen. In seiner Mitte zeigt sich ein ovaler Bergkrystall als Sinnbild des Christenthums, durch welchen man bei starkem Lichte eine Pergamentunterlage mit Schrift bemerkt, von der man den Namen Maria erkennt. Auf der Fläche, welche die Fassung des Krystalls umgibt, erscheinen goldene Ornamente auf dunkelblauem Grunde, in denselben vier rautenförmige Blumen mit einer rothen, einer weissen und zwei hellblauen Abtheilungen. D die Ansicht von unten zeigt die Tiefe des Ganzen, welche mit Silberblech umschlagen ist, und die Kante der oben und unten aufgelegten goldenen Kupferplatte. E die Rückseite mit einem Laubornament im romanischen Stile. Dasselbe ist mit breiten Linien auf der vergoldeten Kupferfläche eingravirt. Der innere Kern dieses Reliquiariums besteht aus Eichenholz, in dessen Höhlung mehrere Reliquien mit Seide umwickelt noch aufbewahrt sind. Die Schrift der dabei befindlichen Pergamentzettel ist nicht mehr leserlich.

Tafel 22. Grosse kupferne Wasserkanne vom Jahre 1595. Der Bauch derselben mit weitem Halse ist meisterhaft aus einem Stücke getrieben, der Fuss ist ebenfalls aus einem Stücke in den schwierigsten Fuss hergestellt Die erhabenen Ornamente auf dem Bauche aus Sirenen und Seeungeheuern bestehend, wohl auf das Wasser Bezug habend, wiederholen sich auf beiden Seiten; jene auf dem Halse, Löwe und Greif einen Schild haltend, sind unter A in ausgestreckter Form besonders dargestellt. D zeigt den Durchschnitt des Henkels.

Diese Kanne scheint das Meisterstück eines Kupfer-

supérieurement à Urbino; plusieurs de ces objets portent le nom de cette ville.

Planche XXI. *Double croix et reliquaire de la première moitié du douzième siècle.*

La double croix, de cuivre, fortement doré au feu, offre sur sa face antérieure, représentée à la lettre A, des ornements d'or sur la surface plane d'un fond émaillé, bleu d'outremer, et au point où les branches des deux croix rejoignent la tige verticale se retrouve deux fois, presque sans aucune différence, un buste d'ange sur un fond émaillé vert bleuâtre. Les rares lignes dont cette figure est sillonnée sont gravées. La face postérieure qui est plate (B) est ornée de pierreries de différentes sortes qui ne sont pas toutes celles qu'on voyait dans l'origine. Celle d'en bas manque complètement, on voit seulement encore l'endroit où elle était fixé. Cette croix se termine au dessous du bouton par une douille, de sorte qu'on pouvait dans les solennités religieuses la fixer au bout d'un manche, mais aussi la placer sur un support. Les croix de ce genre qu'on ne trouve pas dans les époques précédentes du christianisme s'appellent croix de Lorraine archiépiscopale ou croix patriarcales; mais s'il y a trois branches, c'est la croix papale.

Un reliquaire en forme de monile, représenté sur trois côtés C, D et E; on le portait sur la poitrine ou comme agrafe de manteau, ce qui est indiqué par les ouvertures qui se trouvent aux quatre coins. Au milieu on voit un morceau de cristal de roche ovale, comme emblème de la chrétienté, au travers duquel, à une lumière très-vive, on remarque au fond un parchemin avec de l'écriture dont on ne reconnaît que le nom Marie. Sur la surface plane qui entoure la monture de cristal de roche se trouvent des ornements d'or sur un fond bleu foncé, parmi lesquels quatre fleurs en forme de losange dont un quart est rouge, un autre blanc et les deux autres bleu clair. La figure D montre l'épaisseur de tout l'objet qui est garni tout autour d'une lame d'argent, et le bord des plaques de cuivre placées en haut et en bas; E la face postérieure avec un ornement de feuillage dans le style roman gravé en larges lignes sur la surface plate de cuivre doré. L'intérieur de ce reliquaire consiste en un noyau de bois de chêne dans la cavité duquel on conserve encore plusieurs reliques enveloppées dans de la soie. L'écriture de la feuille de parchemin n'est plus lisible.

Planche XXII. *Grande aiguière en cuivre de l'année 1595. Le centre à large col est en grande partie du même morceau et restauré pour les formes les plus difficiles. Les ornements en relief qui sont sur le centre et composés de sirènes et de monstres marins qui montent bien que ce vase doit contenir de l'eau sont répétés des deux côtés. Le lion et le griffon tenant un écusson qui sont sur le col du vase sont représentés séparément A, et figurés à plat. D, largeur de l'anse.*

schmiedes zu sein, welcher seinen Namen mit Jahreszahl »MICHAEL CHRISTMANN 1595« auf dem Rande des Fusses angebracht hat; da derselbe in der Totalansicht nicht vollständig erscheinen kann, stellen wir ihn unter B und C von oben gesehen besonders dar.

Tafel 23. Hostienbehälter in Form einer Taube, (peristerium).

Diese phantastische Taube ist in Kupfer gegossen, mit eingravirten Linien und Punkten versehen; in den Flügeln, auf dem Schweife wie auf der runden Scheibe, welche das Fussgestell bildet, sind die Vertiefungen mit Email ausgefüllt, das zugleich mit dem Metalle so abgeschliffen ist, dass die verschiedenfarbige Emaillirung mit dem stark im Feuer vergoldeten Kupfer eine Oberfläche bildet. Die Flügel sind als besondere Theile auf beiden Seiten mit langen Nietnägeln, welche durch den ganzen Körper gehen, befestigt. Auf dem Rücken zwischen den Flügeln öffnet sich ein nicht genau eingepasster Deckel; an der rechten Seite am Rande der Oeffnung ist ein kleiner Ausschnitt zum Einlegen des Henkels eines zweiten Gefässes, welches mit den Hostien herausgehoben werden konnte. A ist der Schweif mit den Flügelhälften der Taube von oben gesehen, in Originalgrösse dargestellt und ebenso B die Hälfte der runden Scheibe, auf welcher die Taube steht.

Gefässe, in welchen consecrirte Hostien aufbewahrt wurden (Ciboria) [*], erscheinen das ganze Mittelalter hindurch in den verschiedensten Formen, aber eine der ältesten und beliebtesten waren jene in Gestalt einer Taube, als Sinnbild des heiligen Geistes.

Wir wissen dieses aus verschiedenen Schriften des 4. Jahrhunderts; so sagt Chrysostomus einer solchen Taube gedenkend: „der Leib des Herrn auf den Altar gelegt, nicht in Windeln gewickelt, wie einst in der Wiege, sondern mit dem heiligen Geiste bekleidet," und an einer andern Stelle sprach er: „... und der heilige Geist in Gestalt einer Taube hat Christum mit Ehren bekleidet." Diese Tauben standen stets in einer flachen oder vertieften Schüssel, mit welcher sie über dem Altare, bisweilen auch über den Taufsteinen aufgehängt waren. In der Kirchenversammlung zu Konstantinopel 536 beklagten sich die Geistlichen von Antiochia über den Bischof Severus „... denn er hat sich die goldenen und silbernen Tauben, die als Figuren des heiligen Geistes über den Taufsteinen und Altaren hingen und alles andere zugeeignet."

Nichts ist von den wichtigsten alten Kirchengeräthen so selten geworden als gerade diese Tauben; es befindet sich eine im Dome zu Erfurt, zu Salzburg und in der Kloster-

---

Cette aiguière semble être le chef-d'oeuvre d'un chaudronnier qui a marqué son nom avec l'année „MICHAEL CHRISTMANN, 1595" sur le bord du pied. Comme ce nom ne peut être en entier dans la figure générale, nous le représentons à part et en d'en haut aux lettres B et C.

Planche XXIII. Peristerium ou réceptacle à hosties, en forme de pigeon.

Ce pigeon fantastique est en cuivre coulé, marqué de lignes et de points gravés. Sur les ailes, la queue et le disque qui forme le pied, les creux sont remplis par des incrustations en émail, de différentes couleurs tellement polies et égalisées avec le métal qu'elles forment avec le cuivre qui est fortement doré au feu une surface lisse. Les ailes qui sont distinctes du corps y sont rattachées par de longs clous qui traversent entièrement le corps. Sur le dos, entre les deux ailes, est pratiquée une ouverture hermétiquement fermée par un couvercle. Sur le côté droit, au bord de l'ouverture se trouve une petite échancrure destinée à laisser passer l'anse d'un second vase qu'on pourrait retirer avec les hosties. A représente la queue et les ailes vues d'en haut et dans la dimension de l'original, B la moitié du disque sur lequel porte le pigeon.

Les vases dans lesquels on conservait les hosties consacrées (ciborium) [*], se présentent pendant tout le moyen-âge sous les formes les plus variées; mais une des plus anciennes et des plus généralement affectionnées est celle d'un pigeon, comme emblème du Saint-Esprit.

C'est ce que nous apprennent différents écrits du quatrième siècle. Chrysostome dit au sujet d'un pigeon de ce genre: „Le corps du Seigneur placé sur l'autel, non pas enveloppé de langes, comme lorsqu'il était au berceau, mais revêtu du Saint-Esprit. Et dans un autre passage ... et le Saint-Esprit, sous la forme d'un pigeon, a revêtu le Christ avec honneur." Ces pigeons se trouvaient toujours sur un plat soit mur soit creux avec lequel on les suspendait au-dessus des autels et quelquefois des fonts baptismaux. Dans la réunion ecclésiastique qui eut lieu à Constantinople en 536, les prêtres d'Antioche se plaignirent de l'évêque Sévérus „qui s'était, disaient-ils, approprié les pigeons d'or et d'argent qui étaient suspendus au-dessus des fonts baptismaux et des autels, comme emblèmes du Saint-Esprit."

Rien précisément parmi les objets religieux anciens les plus importants n'est devenu si rare que ces pigeons; on en trouve un dans la cathédrale de Erfurth, à Salz-

---

kirche zu Göttweih; zwei Exemplare waren in dem Besitze des Fürsten Soltykoff zu Paris. Unter den uns bis jetzt bekannt gewordenen, alle aus dem 12. Jahrhundert, nimmt das vorliegende der fürstlichen Sammlung durch Schönheit der Farben wie technische Ausbildung einen besondern Rang ein.

Tafel 24. Erhabenes Bildwerk von gebrannter Erde aus der Schule des Luca della Robia.

Dieses Relief von Thonerde in Formen gepresst, glasirt und gebrannt, zeigt Maria mit dem Kinde stark erhaben in einer tellerartigen Vertiefung, welche ein Blumenkranz umgibt. Die figürliche Darstellung hat die gelblich weisse Naturfarbe der Bleiglasur, während durch eingebrannte Farbe der Grund hellblau, der Kranz grün mit blauen und weissen Blumen und gelben Bandern erscheint.

Luca della Robia, geboren zu Florenz 1388, war der Erste, welcher in Italien als geschickter und höchst produktiver Bildhauer plastische Werke auf solche Weise in gebrannter Erde ausführte, indem so seine zahllosen Kunstschöpfungen, die er modellirte, in dauerhafter Weise leichter und schneller ausgebildet werden konnten, als wenn sie in Bronce oder Marmor hergestellt worden wären. Da diesem Meister die Ausschmückung vieler Prachtgebäude übertragen waren, wurden von ihm derartige Werke als bildliche Darstellungen, Gesims- und Friesverzierungen, wie als Ornamente jeder Art in die Mauern eingesetzt. Alsbald fertigte er auch in solcher Weise grössere und kleinere Altäre für Kirchen und Hauskapellen, Grabmonumente etc. und zwar sowohl ganz weiss als auch ganz bemalt, am meisten aber wie vorliegendes Beispiel, die Figuren weiss auf blauem Grunde und nur theilweise von wenigen andern Farben begleitet.

Da dieser Meister immer mehr Aufträge erhielt, seine Werke auch von Kaufleuten verlangt wurden, welche sie nach Frankreich und Spanien brachten, nahm er seine Brüder Ottaviano und Agostino als Gehülfen an. Letzterer arbeitete noch um das Jahr 1461. Einer dessen Söhne, Anderea, übte auch die Kunst seiner Vorfahren, vollendete in seinem langen Leben eine grosse Anzahl geschätzter Werke und starb 1528. Der dritte Sohn des Anderea, Giovanni, war auch Bildhauer und erzog seine fünf Söhne ebenfalls zur Kunst. Drei davon starben 1527 an der Pest. Die zwei Ueberlebenden besassen besondere Geschicklichkeit in glasirter Arbeit. Von ihnen stammen die bemalten und gebrannten Tafeln, mit welchen die von Raphael ausgemalten Logen des vatikanischen Palastes belegt sind. So kommt es, dass die Werke des Luca della Robia, dessen Schule und Nachkommen über ein Jahrhundert eine grosse Rolle in Italiens Kunstgeschichte spielen.

Das vorliegende Bildwerk gibt die Probe einer dekorativen Arbeit aus der späteren Zeit dieser Schule, während wir auf Tafel 30 ein selbstständiges Kunstwerk dieser Richtung geben werden.

---

bourg et dans la chapelle du cloître à Göttweich. Le prince Soltykoff à Paris en possédait deux exemplaires. Parmi ceux que nous avons vus jusqu'à ce jour et qui sont tous du XIIe siècle, celui de la collection princière, que nous offrons ici, est à part, tant tout pour la beauté des couleurs que pour son intérêt technique.

Planche XXIV. Terre cuite en relief de l'école de Luca della Robia.

Ce relief en terre glaise pressée un moule vernie, puis brûlée, représente la Vierge avec l'enfant Jésus; cette figure ressort en fortes saillies d'un creux en forme d'assiette, qu'entoure une couronne de fleurs. Elle a la couleur naturelle blanc jaunâtre du vernis de plomb, tandisque la couleur fortement cuite du fond est d'un bleu clair, et la couronne est verte, avec des fleurs bleues et blanches entrelacées de rubans jaunes.

Luca della Robia, né à Florence en 1388, est le premier sculpteur habile et d'une productivité remarquable en Italie qui exécuta des ouvrages plastiques de ce genre en terre cuite. Par ce procédé, ses innombrables productions artistiques purent se succéder plus facilement et plus vite que s'il les eut exécutées en bronze ou en marbre. Le maître ayant été chargé de l'embellissement d'un grand nombre d'édifices somptueux, exécuta des ouvrages de ce genre, au lieu de sculpture, pour servir d'ornements de fronton et de frise, et encastra dans les murs des ornements semblables. Il exécuta aussi dans ce genre de grands et de petits autels pour des églises, des chapelles particulières, des monuments funéraires, les uns tout blancs, les autres complètement peints, mais la plupart comme la figure ci-jointe, c'est-à-dire des figures blanches sur fond bleu, avec quelques autres couleurs placées seulement par endroits.

Comme l'artiste recevait toujours plus de commandes, que ses œuvres étaient recherchées aussi par les marchands qui allaient les vendre en France et en Espagne, il s'associa ses frères Ottaviano et Agostino. Ce dernier travaillait encore vers l'an 1461. L'un de ses fils, Andrea, exerça aussi l'art de ses parents, exécuta pendant sa longue carrière un grand nombre d'ouvrages estimés et mourut en 1528. Le troisième fils d'Andrea, Giovanni, fut aussi sculpteur et éleva ses cinq fils dans son art. Trois d'entre eux moururent de la peste en 1527. Les deux qui restèrent acquirent une grande habileté dans les ouvrages vernissés. C'est à eux que remontent les figures en terre cuite peintes qui accompagnent les Loges de Raphaël au Vatican. De là vient que les œuvres de Luca della Robia, de son école et de ses successeurs jouent, pendant plus d'un siècle, un grand rôle dans l'histoire de l'art italien.

La figure ci-jointe donnera une idée du genre d'ouvrages exécutés par l'école qui suivit, en attendant que nous donnions (planche 30) un exemplaire de cette branche particulière de l'art.

Tafel 25. Kanne und Krüge aus der Mitte des 16. Jahrhunderts.

Ein grosser Krug oder eine Weinflasche von Zinn unter A. von vorne und unter B. von der Seite dargestellt. In der Vorderansicht erscheint in der Mitte eingravirt Maria mit dem Kinde und der Umschrift „CORDI. ASCHIN. (Aschin) PRIERIN. (Priorin) DES. GOTZHAVS. IM. GNADENTHAL. VNDER. HOHENZOLERN. Auf der entgegengesetzten Seite ist dieselbe Maria mit der Umschrift „MARIA. REISERIN. SCHAFFERIN. DES. GOTZHAVS. IM. GNADENTHAL VNDER HOHENZOLER Wodurch nachgewiesen ist welchem Frauenkloster dieses Gefäss als Hausgeräthe diente.

An seinen beiden Seiten befinden sich Oehren oder kleine Bügel und durch den Ansatz des Fusses geht eine Oeffnung, wodurch ein Tragriemen gezogen wurde, so dass man das Ganze leicht tragen oder aufhängen konnte. Aehnliche grosse Krüge oder Flaschen auf beiden Seiten etwas flachgedrückt, welche an Riemen oder Ketten getragen wurden, spielen im 15. und 16. Jahrhundert eine grosse Rolle; sie durften in keiner Haushaltung und bei keinem Gastmahle fehlen. Bei letzterem wurden sie in grosse Wasserbecken gestellt, um den Wein oder das sonstige Getränke darin frisch zu erhalten. Bei Lastwasserfahrten befestigte man sie an den Schiffen, damit sie zu demselben Zwecke im Wasser hingen.

C Eine nicht sehr grosse Weinflasche von deutscher Majolika, sie ist weiss mit smalte-blauen Ornamenten, welche auf beiden Seiten in ihrer Zeichnung wechseln, und der Jahrzahl 1544. Die Hälse der beiden vorspringenden Hundsköpfen wie der Ansatz des Fusses sind durchbohrt, so dass ähnlich wie bei obiger Zinnflasche eine Schnur oder Kette zum Tragen durchgezogen werden konnte. Diese Flasche hat in Mitte des Bauches eine Durchsicht, welche Eigenthümlichkeit nicht nur bei Wein-, sondern auch bei Pulverflaschen jener Periode sehr beliebt war.

D Eine italienische Majolikakanne, weiss und sehr flüchtig mit Ornamenten bemalt, in welchen blaue und gelbe Farbe vorherrscht. Sie gehört zu jener Art von Majoliken, welche besonders in Urbino gefertigt wurde.

Wir berufen uns hier auf das bereits bei Tafel 10 im Allgemeinen über Majolika Gesagte.

Tafel 26. Betstuhl aus der 2. Hälfte des 15. Jahrhunderts. A Die Vorder- und B die Seitenansicht desselben, er kann zugleich auch als Tisch verwendet werden, wenn man die eine Hälfte der Tischplatte aufschlägt, so dass sie eine runde Scheibe bildet. Unter der Tischplatte befindet sich ein Schränkchen zum Aufbewahren der Gebetbücher, das Schloss daran zeigt sich unter C in grösserem Maassstabe, ebenso unter D eines der Eisenbänder daran. E ist die volle Ansicht der beweglichen Unterlage oder Stütze der

Planche XXV. Broc et cruches du milieu du seizième siècle.

Un grand broc d'étain pour le vin, représenté de face A, et de côté B. Au milieu de la figure de face on voit l'image gravée de la Vierge tenant l'enfant Jésus, entourée de l'inscription „CORDI. ASCHIN PRIERIN. DES. GOTZHAVS. IM. GNADENTHAL. VNDER. HOHENZOLFRN."[*] Sur la face opposée on retrouve la même figure avec l'inscription: „MARIA. REISERIN. SCHAFFERIN. DES. GOTZHAVS. IM. GNADENTHAL. VNDER. HOHENZOLER. "[**] On voit par là quel était le couvent de femmes où ce vase servait comme ustensile de ménage. De petits étriers fixés des deux côtés et une ouverture pratiquée à l'attache du pied servaient à laisser passer une courroie, de façon à ce qu'on pût porter ou suspendre le vase. Ces grands brocs, un peu aplatis sur les côtés et pouvant être portés à l'aide de courroies ou de chaînes, jouent un grand rôle au quinzième et au seizième siècle; il n'y avait pas de ménage ou de banquet où il n'en figurât. Au seizième siècle, on les plaçait dans des baquets d'eau, afin de tenir frais le vin ou toute autre boisson qui y était contenue. Dans les fêtes sous l'eau, on les attachait dans ce but aux bateaux, en les laissant pendre dans l'eau.

C Pot à vin de taille médiocre, majolique allemande, blanche, avec des ornements bleu de cobalt, dont le dessin est différent de chaque côté; il porte la date 1544. Le con des deux têtes de chien est aussi que l'attache du pied, percé d'un trou à travers lequel, comme dans la figure précédente, on pouvait faire passer un cordon ou une chaîne pour porter le vase. Une ouverture est pratiquée au milieu du ventre, cette particularité était très fréquente à cette époque non seulement pour les vases destinés à contenir du vin, mais encore pour ceux qui devaient renfermer de la poudre.

D Majolique italienne, à fond blanc, recouverte d'ornements très-légers où le bleu et le jaune sont les couleurs dominantes. Elle appartient à ce genre de majoliques qu'on fabriquait surtout à Urbino.

Voir ce qui a déjà été dit (planche X) des majoliques en général.

Planche XXVI. Prie-dieu de la seconde moitié du quinzième siècle, représenté de face A, et de profil B; il peut aussi servir de table, si l'on abaisse la seconde moitié de la tablette de dessus, de façon qu'elle forme un disque complet. Au dessous de cette tablette se trouve une petite armoire destinée à serrer les livres de prières; nous en donnons la serrure à la lettre C dans une plus grande dimension; D une des ferrures qui y sont ad-

---

[*] Cordia Asch, prieure de la maison religieuse de Gnadenthal, près Hohenzollern.

[**] Marie Reiser, économe de la maison religieuse de Gnadenthal près Hohenzollern.

aufzulegenden Tischplatthälfte. Der Auslauf derselben zeigt sich schon in der Vorderansicht A, wo sie auf die Seite gelegt ist. F ist das einfache Stück Holz von oben gesehen, in welches diese Stütze auf bewegliche Art eingezapft ist. G ist der Auslauf dieser Stütze in grösserem Massstabe. Man darf annehmen, dass dieses Werk, bei welchem die Formen der Gothik auf die grösste Einfachheit zurückgeführt sind, zu dem spärlichen Geräthe der Zelle eines Mönches oder einer Nonne gehörte, wo es des beschränkten Raumes wegen zu verschiedenen Zwecken dienen musste.

Tafel 27. Bronzegussarbeiten aus dem Ende des 12. Jahrhunderts.

A ein gekreuzigter Christus im romanischen Stile, dessen ursprüngliches Kreuz fehlt, ein besonders schönes Exemplar im strengen Typus seiner Zeit, sorgfältig cisselirt und stark im Feuer vergoldet. Die Gewandung, welche die Lenden umgibt, noch traditionell im ägyptischen Stile gehalten, ist bei B von der rechten und bei D von der linken Seite in Umrissen dargestellt. Keine andere Art von Kunstwerken des Alterthums bezeichnet durch Stil und Auffassung so genau die Periode ihres Ursprungs als die Darstellungen des gekreuzigten Heilandes. Man vergleiche die Zusammenstellungen derselben in unseren Kunstwerken und Geräthschaften des Mittelalters.

D und E ein Bronzeleuchter von zwei Seiten dargestellt, gegossen und cisselirt und durch die Zeit grün oxydirt.

Aehnliche Bronzeleuchter besonders zu kirchlichen Zwecken spielen in der gewerblichen Kunst des frühen Mittelalters eine grosse Rolle, sie erscheinen meistens aus Pflanzenornamenten oder phantastischen und symbolischen Menschen- und Thiergestalten gebildet, in der Regel auf das Licht des Glaubens Bezug habend. Der Löwenreiter als Träger des Lichtes ist hier der Ueberwinder des bösen Feindes, der vorzugsweise unter der Gestalt des Löwen gedacht wurde.

Eigenthümlich ist es, dass der Stil dieser Arbeit solche Verwandtschaft mit dem Indischen hat, dass wir häufig derartige Dinge für indisch halten müssten, wenn uns nicht nachgewiesen wäre, dass sie in allen christlichen Staaten angefertigt wurden. Man vergleiche die ähnlichen Bronzeleuchter in unseren Kunstwerken und Geräthschaften in Band II Tafel 31, 49, 66, 70 und Band III Tafel 60. Ebenso in dem Werke „Mélange d'Archéologie etc. etc. par Charles Cahier und Arthur Martin, Paris 1851", Band I Tafel, 14, 15, 16, 17.

Tafel 28 und 29. Bemaltes Holzkästchen mit Minnedarstellungen aus dem Ende des 13. Jahrhunderts.

Auf diesen zwei Tafeln geben wir die verschiedenen Ansichten dieses Gegenstandes und zwar A die Vorderansicht mit dem Schlosse, B die Seitenansicht zur Linken, C jene

après. *F représente en entier le support mobile, destiné à soutenir la seconde moitié de la tablette, dont on voit l'extrémité dans la figure de face A, où elle est de côté. F représente, vu d'en haut, le morceau de bois simple sur lequel pivote le support. G, l'extrémité de ce support représentée dans une plus grande dimension. On peut admettre que cet ouvrage où les formes gothiques sont réduites à la plus grande simplicité, faisait partie du modeste mobilier d'une cellule de moine ou de nonne, où à cause du peu d'espace on le faisait servir à différents usages.*

Planche XXVII. *Objets coulés en bronze de la fin du douzième siècle. A Un Christ en croix, dans le style roman; la croix originale manque. Bel exemplaire, remarquable par le style sévère de son époque, ciselé avec soin et fortement doré au feu. La draperie qui ceint les reins, exécutée selon la tradition dans le style égyptien, est représentée au trait, du côté droit à la lettre B et du côté gauche à la lettre C. Aucun autre genre d'objets d'art anciens n'accuse avec autant de précision, par le style et la conception, l'époque où ils ont été exécutés que ces représentations du Sauveur sur la croix. Comparer la collection que nous en avons donnée dans nos Objets d'art et ustensils du moyen-âge.*

D et E, flambeau en bronze, représenté des deux côtés; il est coulé, ciselé et avec le temps verdi par oxydation. Les flambeaux de ce genre, destinés particulièrement à des usages religieux, jouent un grand rôle dans l'art industriel au commencement du moyen-âge; ils sont généralement composés d'ornements de feuillage et de fleurs, ou d'hommes et d'animaux sous des formes fantastiques et symboliques, et représentent la lumière de la foi. Ici le personnage monté sur un lion et portant la lumière représente le vainqueur du malin esprit qu'on imaginait principalement sous cette forme.

Le style de ce travail a des rapports si étroits avec le style indien que nous aurions fréquemment regardé des objets de ce genre comme réellement indiens, s'il ne nous était démontré qu'ils ont été exécutés dans tous les états chrétiens. Comparez les flambeaux de bronze de ce genre de nos Objets d'art et ustensils, vol. II, planches 31, 49, 66, 70 et vol. III, pl. 60; ainsi que ceux du Mélange d'archéologie par Charles Cahier et Arthur Martin, Paris 1851, Vol. I, pl. 14, 15, 16, 17.

Planches XXVIII et XXIX. *Coffret en bois, orné de peintures représentant des scènes d'amour, de la fin du treizième siècle.*

Les deux planches offrent cet objet sous ses différents aspects: A représente la partie antérieure avec la

zur Rechten, D die Rückseite, E die Ober- oder Aussenseite des Deckels und F die innere Ansicht desselben.

Dieses Kästchen ist dem Machwerke nach höchst anspruchslos, ähnlich jenen bemalten Holzarbeiten, welche noch bis zur Neuzeit in manchen Gegenden auf dem Lande für die Jahrmärkte gefertigt werden, und jenen, welche besonders im 16. und 17. Jahrhundert von Nürnberg aus massenhaft nach allen Weltgegenden verbreitet wurden.

Aber gerade darum, weil solche volksthümliche Arbeiten im häuslichen Gebrauche ihren Untergang fanden, und man sie am allerwenigsten aus ihrer frühesten Entstehungszeit aufbewahrte, gehört dieses vorliegende Exemplar zu den Seltensten, was jetzt ein Museum aufweisen kann, auch gewährt es noch ein besonderes Interesse dadurch, dass die Darstellungen, welche alle Theile desselben schmücken, den damals im Mund des Volkes verbreiteten Minneliedern entnommen, und zwar in der Weise, dass nur die, fast in allen Minnengeschichten vorkommenden und stets wiederkehrenden Scenen bildlich angebracht sind. Als z. B. A zwei liebende Paare, welche sich die Hände reichen, B der Liebende, welcher mit dem Falken bei der Geliebten sitzt, C das liebende Paar Schach spielend, D die Dame mit ihrem Hündchen bei dem Geliebten, und die Dame, welche einen Pfeil nach dem Geliebten wirft, E wie der Liebende seine Dame kniend verehrt und von ihr einen Kranz (rothe Sendelbände) aufgesetzt bekommt, und eine Dame, welche mit dem Pfeile dem Geliebten nach dem Herzen zielt und F abermals das so vielsagende Schachspiel.

Die Auffassung und Behandlung dieser Darstellungen ist im höchsten Grade naiv und kindisch, aber doch dem Gedanken nach sprechend und im decorativen Sinne zierlich und effectvoll. Stil, Zeichnung und Bemalung dieser spielkartenartigen Bildwerke wie auch besonders der dabei erscheinende einfache Schnitt der vorherrschend blauen und rothen Kostüme, zeigt die grösste Verwandtschaft mit den colorirten Federzeichnungen in den Manuscripten, welche die Gedichte „Tristan und Isolde, Parcival, Melusine" etc. behandeln und manche der grösseren Bibliotheken zieren.

Das Ganze besteht in Buchenholz, aus welchem stets die geringsten Holzwaaren in Deutschland gefertigt wurden. Die Seitenwände sind aus Brettern zusammengefügt und die bildlichen Darstellungen befinden sich auf dünnen Brettchen, in welchen der Grund des Laubwerkes und der Figuren mit dem Meisel ausgestochen sind, was man in neuerer Zeit mit der Laubsäge herstellen würde. Dieses Bildwerk ist in leichte Vertiefungen eingelassen, so dass der tiefer liegende Grund durch die Holzunterlage gebildet ist, von welcher wir nicht sagen können, ob sie schwarz bemalt oder erst im Laufe der Zeit durch Dampf und Schmutz schwarz wurde. Nur die Innenseite des Deckels unter F ist auf einer Fläche bemalt.

Die Eisenbeschläge an diesem Kästchen waren ursprünglich verzinnt und sind jetzt sehr verrostet. Auffallender

serrure; B le côté gauche, C le côté droit, D la partie postérieure, E le dessus et F le dessous du couvercle.

Le travail de ce coffret fait assez voir qu'il est sans aucune prétention, de même que ces ouvrages en bois peint que l'on fabrique encore de nos jours dans plusieurs contrées pour les foires annuelles, ou comme ceux que principalement au seizième et au dix-septième siècle, on envoyait en quantité de Nuremberg sur tous les points du globe. Mais précisément parce que ces ouvrages populaires disparaissaient par un usage journalier et parce qu'on les renouvelait plus souvent que tout autre objet, notre exemplaire est actuellement une des curiosités les plus rares qu'un musée puisse présenter. Il offre encore cet intérêt particulier que les sujets qui en décorent toutes les faces sont empruntés aux chansons d'amour qui avaient cours alors parmi le peuple et présentés de telle sorte que les idées qui se trouvent dans presque toutes les vieilles chansons d'amour et qui reviennent continuellement y sont seules figurées. Ainsi par exemple A représente deux couples amoureux se tenant la main, B l'amant tenant un faucon, assis auprès de sa maîtresse. C le couple amoureux jouant aux échecs, D la dame avec son petit chien se tenant près de son amant, puis lançant une flèche contre lui. E l'amant agenouillé aux pieds de sa dame et recevant d'elle une couronne faite de bandelettes rouges, qu'elle lui pose sur la tête, puis une dame visant avec la flèche le cœur de son amant. F reproduit de nouveau le jeu d'échecs d'une si grande importance à cette époque.

La conception et l'exécution de ces scènes sont éminemment naïves et enfantines, mais elles répondent parfaitement au sujet et sont dans leur genre décoratif pleines de délicatesse et de sentiment. Le style, le dessin et le coloris de ces images, dans le goût des cartes à jouer, ont, outre la coupe simple des costumes, où le bleu et le rouge dominent, une grande ressemblance avec les dessins à la plume coloriés des manuscrits où sont conservés les poèmes de Tristan et Iseult, Parseval, Mélusine etc. et qui font l'ornement d'importantes bibliothèques.

Le tout est fait de hêtre, bois dont on fabriquait toujours en Allemagne les articles de peu d'importance. La carcasse du coffre est formée par des planchettes réunies ensemble; le feuillage et les personnages sont figurés sur d'autres planchettes minces et découpés au ciseau, comme on ferait de nos jours avec la scie à contourner, de sorte que le fond se trouve évidé. Les images sont enchâssées dans des bordures de médiocre profondeur, de sorte que le fond se trouve formé par les parois du coffre; nous ne saurions dire s'ils étaient peints en noir ou si avec le temps ils ont été noircis par la fumée et la poussière. Les figures intérieures du couvercle seules sont peintes sur une surface plate.

Primitivement les garnitures de fer de ce coffret étaient étamées; elles sont actuellement très-rouillées.

Weise laufen einige Theile der Beschläge rücksichtslos über die Figuren des Bildwerkes hinweg

Die weissen Ornamente mit rothen Blumen auf dem schwarzen Rande, welche über die Fugen des eingesetzten Bildwerkes hinweggehen, sind in unserer Abbildung nach noch wenigen Spuren derselben ergänzt; ebenso einige Theile der Eisenspangen auf dem Deckel.

Tafel 30. Stark erhabenes Bildwerk in gebrannter Erde aus der Schule des Lucca della Robbia. Die in Formen gepresste Darstellung desselben zeigt Maria das Christuskind anbetend, und darüber den heiligen Geist in Gestalt der Taube. Die vorspringenden Figuren wie der Rahmen haben die gewöhnliche weisse Glasur der Majolika, nur der flache Hintergrund ist blau. Das Ganze in der Höhe von 48 ctm. mag wohl als kleiner Hausaltar gedient haben. Die einzelnen Bestandtheile dieses Bildwerkes erscheinen auch in anderer Zusammenstellung oder auch mit Beifügung noch anderer Figuren in ähnlichen halberhabenen Bildwerken der späteren Richtung der Schule des Luca della Robbia, wozu die einzelnen Formentheile dieses Werkes benutzt wurden.

Was die Schule der L. della Robbia anbelangt, so verweisen wir auf das bereits bei Tafel 24 Gesagte.

Tafel 31. Reliquiarium von Elfenbein und Elfenbeinmalereien aus dem Anfange des 15. Jahrhunderts.

Das Reliquiarium mit schrägem Dache auf dessen Mitte sich eine Fläche befindet, ist aus dünnen Elfenbeinplatten zusammengesetzt, welche auf den Kanten durch feuervergoldete Kupferspangen verbunden sind, auf der Deckelfläche erheben sich drei Stäbchen mit Knöpfen, von welchen das mittlere mit einem blauen Glasflusse geziert ist. Auf der Vorderseite des Kästchens befindet sich in blumenartiger Fassung von vergoldetem Kupfer eine roh geschnittene Camee, wie anzunehmen aus frühchristlicher Zeit mit einem weiblichen Kopfe, wohl die Jungfrau Maria darstellend. Darüber auf dem Rande des Deckels zeigt sich ein grüner Stein in ähnlicher Fassung.

Auf dem Boden dieses Kästchens befindet sich in brauner Farbe das Ornament, welches wir bei B in Originalgrösse besonders dargestellt, ganz planlos angebracht. Dieser Umstand giebt uns hier eine Veranlassung, auf einen eigenthümlichen und grossen Industriezweig des Mittelalters aufmerksam zu machen, der bis jetzt wenig oder wohl gar nicht bekannt ist. Um denselben zu erklären müssen wir hiebei einige Gegenstände abbilden und beschreiben, obschon diese sich nicht in der fürstlichen Sammlung befinden. In dem Dom zu Würzburg wird ein Elfenbeinkästchen mit Reliquien aufbewahrt, welches ganz mit bemalten Elfenbeinplatten, unzweifelhaft aus Indien stammend, überdeckt ist; die darauf vorkommenden Figuren zeigen ganz den indischen Styl. Es soll von einem Kreuzfahrer aus dem Orient gebracht worden sein. Wir haben es in unsern „Kunstwerken und Gerathschaften des Mittelalters" Band I Taf. 52 abgebildet

Quelques-unes de ces ferrures passent par hasard et sans intention sur les figures. Les ornements blancs avec fleurs rouges de la bordure noire, qui s'étendent au-delà de la rainure où s'enchâssent les figures, ont été complétées dans notre dessin d'après de rares traces, ainsi que quelques parties des ferrures du couvercle.

Planche XXX. Haut-relief en terre cuite de l'école de Luca della Robbia. Cette figure qui est montée représente la Vierge priant l'enfant Jésus, et au-dessus le Saint-Esprit sous la forme d'un pigeon. Les parties saillantes de l'image sont, ainsi que le cadre, recouvertes du vernis ordinaire des majoliques; le fond est bleu. La figure entière d'une hauteur de 48 ctm. peut avoir servi comme petit autel dans une maison.

Les différentes parties de cette figure se retrouvent dans d'autres compositions séparément ou réunies à d'autres personnages dans les demi-reliefs qui composa dans la suite l'école de Luca della Robbia, où les différentes parties de cet ouvrage ont été employées.

Pour ce qui concerne l'école de L. della Robbia, voir ce qui a déjà été dit, planche 24.

Planche XXXI. Reliquaire en ivoire et peintures sur ivoire du commencement du quinzième siècle.

Ce reliquaire, recouvert d'un couvercle en forme de toit dont les côtés sont inclinés et dont la partie supérieure est une surface plane, se compose de plaques d'ivoire minces réunies entre elles aux arêtes par des lames de cuivre dorées au feu; sur la surface du couvercle s'élèvent trois tiges surmontées de boutons, dont celui du milieu est orné d'un morceau de verre bleu. Sur la partie antérieure du coffret se trouve dans une monture de feuillage en cuivre doré un camé grossièrement taillé, datant probablement des premiers temps du christianisme; c'est une tête de femme représentant sans doute la Vierge Marie. En haut, sur le bord du couvercle on voit une pierre verte dans une monture analogue.

Sur le fond du coffret on remarque un ornement de couleur brune que nous représentons à part B, dans sa grandeur originale et qui se trouve là sans intention particulière. Cette circonstance nous donne occasion d'appeler l'attention du lecteur sur une branche particulière et importante d'industrie au moyen-âge, et restée jusqu'à ce jour peu ou même point connue. Pour en donner l'explication, il nous faut représenter et décrire ici quelques objets, qui ne font pas partie de la collection primitive. On conserve dans la cathédrale de Wurzbourg un coffret, contenant des reliques, complétement recouvert de plaques d'ivoire peintes provenant incontestablement de l'Inde; les figures qui y sont représentées sont tout-à-fait dans le style indien. Il a probablement été apporté de l'Orient par un croisé. Nous en avons donné le dessin et l'expli-

und beschrieben und geben hier bei C D E nur einige
Theile der darauf vorkommenden Ornamente in Originalgrösse; sie bestehen in schwarzen starken Konturen, war
theilweise mit Blau, Zinnober und Gold ausgemalt. Man
sieht, dass diese Elfenbeinplättchen nicht erst für dieses
Kästchen gemalt, sondern schon vorher zugeschnitten und
bemalt in Indien erworben und in beliebiger Weise zu
Kästchen und anderen Geräthschaften verwendet wurden.
Auch erscheinen noch Elfenbeinkästchen aus dem 13. und
14 Jahrhundert, auf denen man mit Mühe noch schwache
Spuren solcher indischen Malerei findet. Von letzterer Art
erhielt der Verfasser eines aus dem Besitze des Hofantiquars
Pickert in Nürnberg und fand unter den vergoldeten und
emaillirten Beschlägen daran Theile solcher indischer Orna-
mentenmalerei noch vollkommen erhalten; sie sind unter
F, G, H, I, K, L und M dargestellt. In ähnlicher Weise
zeigten sich noch viele Beispiele, bei welchen diese Art von
Malerei im Aeusseren häufig nicht geachtet, hinwegge-
schliffen, aber an verborgenen Stellen im Innern oder wie
bei diesem Kästchen aus der fürstlichen Sammlung auf dem
Boden noch vorhanden ist. Es bleibt uns daher kein
Zweifel, dass dabei in der Regel nur das Elfenbein und
nicht die Malerei darauf als Hauptsache berücksichtigt wurde
und dass solche Elfenbeinplatten stets in gleicher Dicke
zugeschnitten und schon bemalt als Material zu verschie-
denem Gebrauche vom frühen Mittelalter bis ins 15. Jahrhundert als verbreiteter Handelsartikel aus Indien bezogen
wurden.

Tafel 32. Handzwehle mit gewirkten Ornamenten aus der 2. Hälfte des 15. Jahrhunderts.

Wir geben hier als Hauptsache fast nur die beiden
ornamentirten Endtheile und zwar auf beiden Seiten eingeschlagen; von dem eigentlichen Handtuche selbst sieht
man nur oben einen kleinen Theil mit fein quadrirter Textur.
Diese Endtheile zeigen sieben eingewirkte Streifen, mit
weissen Bildwerke in blauem Grunde, auf der Rückseite
dieselben, aber blau in weissem Grunde. Die ornamentlosen
Zwischenräume dieser Streifen sind wie der Haupttheil des
Handtuches hellbraun mit feingezackter Textur. Die Länge
des Ganzen beträgt 2 M. 50 Ctm. und die Breite 19 Ctm.
Die mosaikartigen Ornamente, welche in sehr prakti-
scher Weise für die Technik des Webers berechnet sind, bieten
durch ihre Eigenthümlichkeit ein besonderes Interesse.
Sie zeigen in ihren gewürfelten Mustern phantastischer
Vögel, Adler, Pfauen, noch sehr den romanischen Stil,
welcher sich in Webereien und manchen besonderen Ge-
werbzweigen als stereotyp bis in das 16. Jahrh. erhalten
hat. Die Spitzen, mit welchen diese beiden Endtheile unten
besetzt sind, liessen wir in der Abbildung, als nicht gleich-
zeitig hinweg. Das im Mittelalter vorherrschende Prinzip,
nach welchem die Ornamentik stets dem Material wohl
angepasst war und Dinge der Nothwendigkeit zugleich als

cation dans nos Objets d'arts et ustensiles du moyen-
âge, premier vol., pl. 52; nous reproduisons ici C D E,
dans la grandeur originale, quelques parties seulement
des ornements qui s'y trouvent; ce sont des contours noirs
fortement accentués et colorés en quelques endroits seulement en bleu, rouge et or. On voit que ces plaques
d'ivoire n'avaient pas été peintes primairement pour ce
coffret, mais qu'elles avaient d'abord été taillées et peintes
dans l'Inde où l'on en avait fait l'acquisition, et où elles
avaient été employées d'une manière quelconque pour des
coffrets ou pour toute autre espèce d'ustensiles. On
pourrait encore d'autres coffrets d'ivoire du treizième et
du quatorzième siècle sur lesquels on distingue encore
avec peine de faibles traces de peintures indiennes. L'auteur
en a un de ce genre entre les mains qui appartient à
Mr. Pickert, antiquaire royal à Nuremberg, sous les
garnitures dorées et émaillées duquel il a trouvé des
fragments de peintures indiennes de ce genre encore parfaitement conservées; on les trouve représentés aux lettres
F, G, H, I, K, L et M. On a trouvé de nombreux
exemplaires de ce genre d'ouvrages, où souvent les peintures dont nous parlons ne se font pas remarquer en
dehors, parce qu'elles ont été grattées, mais on les voit
encore à certaines places peu apparentes soit à l'intérieur,
soit sur le fond, comme dans le coffret de la collection
primaire. De là résulte un fait incontestable, c'est qu'en
général l'ivoire seul était regardé comme la chose principale indépendamment des peintures, et que ces plaques
d'ivoire toujours de la même épaisseur étaient taillées
à l'avance, comme matière première devant servir à
différents usages, et qu'elles furent tirées de l'Inde et
propagées comme articles de commerce depuis les commencements du moyen-âge jusqu'au quinzième siècle.

Planche XXXII. Essuie-mains garni d'ornements travaillés au métier, de la seconde moitié du quinzième siècle.

Nous ne donnons guère ici que l'essentiel, c'est-à-dire
les deux bordures garnies d'ornements et même repliées
de chaque côté; de la serviette proprement dite, on ne
voit qu'une petite partie, c'est le tissu en losanges qu'on
voit en haut. Les bordures sont formées par sept bandes
tissues dans la serviette et composées de dessins blancs
sur fond bleu que se reproduisent sur le revers, mais
alors bleus sur fond blanc. La trame des espaces sans
ornements compris entre les bandes est, comme le tissu
de la serviette même, d'un brun clair et disposée en
zigzags. Le tout atteint en longueur 2 M. 50 Ctm. et
en largeur 19 Ctm. Les ornements disposés en mosaïque,
et calculés d'une manière très-pratique en vue du tissage,
offrent par leur bizarrerie même un intérêt particulier.
Ils représentent, disposés en damier, des oiseaux fantastiques, des aigles, des paons, dans un style encore très-
analogue au style romain qui, dans le tissage comme
dans mainte autre branche d'industrie, est maintenu

6

Zierde dienten, gestaltete häufig die Handzwehlen, über einer Walze hängend, den Wasserbehälter mit Kranen und dem darunter stehenden Waschbecken, zu wahren Kunstwerken. —

Tafel 33. Crucifix von Bronze, feuervergoldet, emaillirt und mit Steinen besetzt aus der Mitte des 12. Jahrh.

Dasselbe ist besonders von Interesse als Muster einer gewissen Art von Tragkreuzen, welche auf Stangen oder Postamente gesteckt wurden und in der ganzen Christenheit verbreitet waren. Unverkennbar zeigt sich an ihm die Beibehaltung altägyptischer Formen. Das Kreuz selbst ist von Eichenholz, auf beiden Seiten mit vergoldetem Kupferblech überlegt, auf welchem Ornamente eingeschlagen und verschiedenfarbige Steine eingesetzt sind. Die Gestalt des Christus mit der Königskrone, dem grün und blau emaillirten Schurze, wie auch die vier Evangelisten in mumienartigen Halbfiguren mit blau emaillirten Gewändern an den vier Kreuzbalken aufgenietet, charakterisiren besonders jene Periode des Ursprunges. Die Rückseite des Ganzen haben wir des Raumes wegen in fünf einzelnen Theilen beigefügt. A ist in der Mitte der Rückseite eine runde Scheibe mit dem Christusbilde, mit der Rechten segnend, mit der Linken das Evangelium haltend, es ist eingravirt mit blau emaillirtem Grunde. In der Regel erscheint auf der Rückseite ähnlicher Crucifixe wie hier, die triumphirende Gottheit, als Gegensatz der leidenden auf der Vorderseite. Die vier Auslaufe des Kreuzes zeigen unter B, C, D und E die Attribute der vier Evangelisten in blauem Emailgrunde und ein rautenförmiges, aufgenietetes Ornament mit goldenem Stern in blauem Grunde.

Tafel 34. Gestickte Tischdecke vom Jahre 1601.

Dieselbe zeigt in ihren Darstellungen die fünf klugen und fünf thörichten Jungfrauen und zwar in der Art angebracht, dass im Mittelbilde eine der Klugen mit dem Thürklopfer an der Kirche anklopft und der himmlische Bräutigam zum Fenster herausschaut, während eine der Thörichten am Opferstocke trauernd sitzt, und die acht übrigen im Laubwerke der breiten Randverzierung erscheinen. Die Klugen sind durch brennende, die Thörichten durch erloschene Lampen bezeichnet. Die Jungfrauen sind genau in der Tracht jener Periode, mit den gesteiften Röcken und den Puffen an den Achseln, welche aufwärts stehen, und nicht wie vorher abwärts hängen. Bei aller Sonderbarkeit sind die Figuren in Handlung und Bewegung ausdrucksvoll und bilden im Zusammenhange mit dem zierlichen Laubwerke ein gefälliges Ornament. Der Grund des Ganzen besteht aus hellbrauner Leinwand, die Darstellungen darauf sind in starken zimmtbraunen Konturen aufgenäht, die inneren Räume in denselben sind mit weissem Garne in feinen, durchaus wechselnden Mustern, als punktirt, rautenförmig, netzartig &c. ausgefüllt, nur wenige Theile darin, wie der

comme stéréotype jusqu'au seizième siècle. Nous avons vus dans la figure les dentelles qui garnissent ces deux bordures, comme n'étant pas de la même époque. Le principe qui dominait au moyen-âge et d'après lequel l'ornementation était toujours appropriée à la matière ouvrée, de sorte que des objets de première nécessité servaient en même temps d'ornements, a souvent fait de véritables objets d'art des essuie-mains qu'on suspendait sur un rouleau, du réservoir d'eau à robinets et du baquet placé au-dessous.

Planche XXXIII. *Crucifix de bronze doré au feu, émaillé et garni de pierres, du milieu du douzième siècle.*

Cet objet est particulièrement intéressant comme modèle d'un certain genre de croix portatives qu'on introduisait dans une lampe ou dans un socle, et répandues dans toute la chrétienté. Les anciennes formes égyptiennes y sont conservées d'une manière incontestable. La croix même est en chêne recouvert de chaque côté de lames de cuivre doré, dans lequel sont enchâssés des ornements et des pierres de différentes couleurs. L'époque dont date ce crucifix est caractérisée d'une manière particulière par la configuration du Christ ayant sur la tête la couronne royale et recouvert d'une sorte de tablier émaillé vert et bleu, ainsi que par les quatre évangélistes, que l'on voit aux quatre extrémités de la croix, représentés jusqu'à mi-corps et revêtus d'un vêtement émaillé de bleu et ayant la forme des cercueils de momie. Le revers de la croix a été, pour ménager l'espace, représenté en cinq parties séparées. A représente un disque placé au milieu du revers de la croix où se trouve la figure du Christ; de la main droite il donne la bénédiction, de la gauche il tient l'évangile; ce portrait est gravé et le fond est en émail bleu. En général on voit sur le revers des crucifix de ce genre, comme ici, la divinité représentée dans son triomphe par opposition à la divinité dans la souffrance représentée sur le devant de la croix. Les quatre fragments détachés de la croix offrent aux lettres B, C, D et E les attributs des quatre évangélistes sur fond d'émail bleu et un ornement rivé, en forme de losange, où se trouve une étoile sur fond bleu.

Planche XXXIV. *Tapis de table, brodé de l'année 1601.*

Ce tapis représente les cinq vierges sages et les cinq vierges folles; elles sont disposées de la manière suivante: dans le tableau du milieu on voit l'une des vierges sages frappée avec le marteau à la porte de l'église, et le céleste époux la tête à la fenêtre, tandis qu'une des vierges folles est assise plongée dans la tristesse auprès du trône des aumônes; les huit autres se trouvent au milieu du feuillage qui orne la large bordure. Les vierges sages sont désignées par la lampe allumée, les vierges folles par la lampe éteinte. Toutes portent exactement le costume de l'époque 1601: robes bouffantes

Streifen um die innere Darstellung, einzelne Beeren, Laubwerke und Streifen an den Fraueuklöstern, sind blau.

Tafel 35. Reliquiarium von Holz und vergoldet aus der Mitte des 15. Jahrh.

Dieses Werk zeigt die eigenthümliche Technik, welche darin besteht, dass die betreffenden Stellen mit einem Kreidegrunde überlegt sind, in welchen die Ornamente, aus breiten, vertieften Conturen bestehend, mit einem Instrumente eingegraben und mit einem punktirten Grunde versehen wurden. Eine ähnliche Behandlung zeigten wir schon an der vergoldeten Holzschüssel auf Tafel 9. Die Grundidee dieses Reliquienblattes ist der Form eines gothischen Hauses entnommen; die einzelnen Zacken an dem Zinnenkranz darauf sind nicht wie gewöhnlich in einem rechtwinklichen, sondern in einem verschobenen Viereck zugeschnitten, so dass man hier die rechte Seitenansicht derselben sieht, welche sonst in dieser geometrischen Zeichnung nicht zum Vorscheine kommen könnte. Die Ornamente, welche die Fläche des Untertheiles wie des Daches ausfüllen, zeigen bei gleichmässig durchgeführtem Stile grosse Abwechslung. Unter A stellen wir das Ganze von der Rückseite dar, weil auf derselben das Hauptornament durch kein Schloss gedeckt oder unterbrochen wird. Die ornamentirten Theile der anderen Seiten fügten wir in kleinerem Maassstabe bei und zwar B das Ornament auf der Vorderseite mit zwei Schlössern, welche wohl ursprünglich Eisenornamente hatten. C und D die beiden Nebenseiten, E die vordere Dachfläche, F und G die beiden Seitendachflächen.

Tafel 36. Italienischer Halsschmuck oder Amulet mit Emailbildern auf Silber in Fassung von Gold und Perlen.

Das reiche Bildwerk dieses Kleinods zeigt auf der Vorderseite A Christus am Kreuze in reicher Umgebung, auf der Rückseite B die Auferstehung. Es besteht aus Gravirung in Silber, über welche die durchsichtigen Emailfarben gelegt sind. Von den Franzosen „les emaux translucides" genannt. Nur das Weisse, mit welchem die Licht-stellen in den meisten Gewändern und in allen Fleischtheilen aufgesetzt sind, wie das Gold, durch welches der Glanz der Heiligenscheine, der Haare und der violetten Kleidungsstücke erhöht wird, ist undurchsichtig. In den weissen Fleischtheilen und Gewändern bildet die durchsichtige blaue Unterlage die Schattirung. Bei Wahl der Farben ist durchaus nicht auf das Naturgemässe, sondern nur auf Hervorhebung des Gedankens und eine ornamentale Wirkung Rücksicht genommen. Diese beiden klein, aber reichhaltigen Bildwerke sind nach der Composition, feinen Stilisirung wie der Wahl der Costüme, welche bei den Soldaten italienischen Rittern jener Zeit entnommen sind, so sehr mit den Werken des Andrea Mantegna (geb. 1431 zu Padua, gest. 1505 zu Mantua) verwandt, dass wir keinen Anstand nehmen, sie der Hand dieses Meisters zuzuschreiben. Wir wissen, wie dieser vielseitig gebildete Künstler in den

et bracelets aux épaules, mais reliés vers le haut et tout pendants, comme auparavant. Ces figures sont dans leurs gestes et leur maintien pleines d'expressions et forment avec l'ornement de feuillage un ensemble plein d'agrément. Le fond du tapis est une toile bleu clair, les contours des figures sont marqués par des fils brun-rouille foncé, et les espaces qui y sont compris sont tendus avec du fil blanc et forment des dessins triangulaires, losanges, plats etc; quelques parties seulement sont bleues, telles que le cadre qui entoure le tableau du milieu, les traits et le feuillage, les bandes qui ornent les côtes, etc.

Planche XXXV. Reliquaire en bois doré, du milieu du quinzième siècle.

Cet ouvrage est un specimen du procédé particulier qui consiste à recouvrir les objets de la nature de celui qui sont occupé d'une couche de plâtre, dans laquelle les ornements sont gravés en contours larges et profonds et ressortent sur fond pointillé. Nous avons déjà indiqué un procédé analogue pour le plat de bois doré qu'on trouve à la planche IX. La forme générale du reliquaire est empruntée à une maison gothique; les créneaux qui forment comme une couronne au pied du toit ne sont pas taillés à angles droits, comme c'est l'habitude, mais en biseau, de sorte qu'on en voit le côté droit, ce qui dans l'autre cas n'aurait pas lieu, dans un dessin géométrique comme ici, les ornements qui recouvrent la surface de la porte intérieure ainsi que celle du toit offrent dans un style uniforme de grandes variétés. A représente en entier la partie postérieure de l'objet, parce que de ce côté l'ornement principal n'y est ni caché ni interrompu par la serrure. Nous ajoutons les parties couvertes d'ornements dans une plus petite dimension: B, les ornements de la partie antérieure avec deux serrures qui originairement avaient peut-être des ornements de fer; C et D, les deux côtés du corps de l'objet; E, la surface antérieure du toit, F et G, les deux côtés du toit.

Planche XXXVI. Ornement de cou italien ou amulette, émaux sur argent, monté sur or et garni de perles.

Sur le côté antérieur A du bijou se trouve représenté le Christ en croix, entouré de plusieurs personnages, sur le revers B la résurrection. Ce sont des gravures sur argent recouvertes d'un émail transparent; c'est ce qu'on appelle émaux translucides. Seul l'émail blanc qui rehausse les parties éclairées de la plupart des vêtements et de toutes les chairs, et l'or servant à relever l'éclat des aurioles, des cheveux et des vêtements violets ne sont pas transparents. Pour les chairs et les vêtements, la couche de bleu transparent indique les ombres. Ce n'est nullement l'exactitude naturelle qui a déterminé le choix des couleurs, mais seulement ce qui pouvait donner du relief à la pensée et produire un effet d'ornementation. Ces deux images, quoique petites, contiennent beaucoup de

verschiedenartigsten Materialien gearbeitet und einzelne Figuren wie ganze Gruppen dieser kleinen Bildwerke sich bei gleicher Stilweise in seinen zahlreichen grössern Gemälden, Zeichnungen und eigenhändigen Radirungen wiederholen. Das Tragen ähnlichen Frauenschmuckes, welcher auch zugleich als Portativaltärchen diente, war von frühen Mittelalter an bis in das 17. Jahrhundert in allen christlichen Staaten eine sehr verbreitete Sitte, was uns viele Bildnisse beweisen. So befindet sich z. B. in der städtischen Gallerie zu Augsburg das Bildniss von Isabella, Gemahlin Ferdinand des Katholischen, gemalt von Alonzo Coello. Dieselbe trägt an einer Halskette ein ganz ähnliches Portativaltärchen, geschlossen mit zwei goldenen emaillirten Flügelthürchen. Ein ähnliches trägt Herzogin Eleonora von Urbino in ihrem Bildnisse von Titian in der Gallerie zu Florenz, ebenfalls wie das vorliegende mit drei hängenden Perlen versehen. Der Schlüssel zum Oeffnen der Thürflügel hängt darüber.*) Das bedeutendste und merkwürdigste Exemplar, welches bis jetzt bekannt wurde, befindet sich in der reichen Kapelle zu München, von Gold aufs reichste durch Email-Bildwerke geziert; es stammt aus dem 14. Jahrh. und wurde von Maria Stuart getragen, welche es vor ihrer Hinrichtung ihrer Kammerfrau Elisabetha Vaux übergab, was urkundlich nachgewiesen ist.**)

Tafel 37. Trinkgefässe von gebrannter Erde aus den letzten Jahren des 16. Jahrh.

Diese Art von Trinkgeschirren und Krügen bildeten von jener Periode an einen sehr verbreiteten Handels-Artikel. Vorzugsweise wurden sie neben den bekannten Apostelkrügen zu Greussen in der Nähe von Bayreuth gefertigt. Die Ornamentirung daran zeigt noch den altorientalischen Geschmack, welcher, durch den Handel nach Deutschland verpflanzt, in manchem Handwerke Jahrhunderte hindurch beibehalten wurde.

Alle vertieften Ornamente sind hier mit Stempel eingepresst und die Engelsköpfe in besondere Formen ausgedrückt und aufgesetzt. Die blatt- und blumenartigen Verzierungen sind mit eingebrannten Farben, blau, weiss, grün und gelb ausgemalt, während die Flächen und die vorherrschend mit kleinen vertieften Rauten und Punkten versehenen Räume die sanfte gelblich-graue Naturfarbe der gebrannten Erde, als wohlthuenden Gegensatz zu den frischen Farben zeigen.

*) Siehe Trachten des christlichen Mittelalters von Hefner-Alteneck, Abth. III. Tafel 103.

**) Siehe Kunstwerke und Geräthschaften von C. Becker und Hefner-Alteneck, Bd. III. Tafel 10.

choses; pour la composition et la finesse du style, de même que pour le choix des costumes, qui pour les soldats sont ceux des chevaliers italiens de l'époque, elles présentent tant d'analogie avec les oeuvres d'Andrea Mantegna (né à Padoue, 1431; mort à Mantoue, 1505) que nous n'hésitons pas à les croire de la main de ce maître. On sait que cet artiste aux talents si variés a travaillé dans les genres les plus différents et que des figures séparées et des groupes entiers de ces petites images se trouvent répétées dans le même style, parmi ses grands tableaux, ses dessins et les gravures faites par lui-même. L'usage de ces ornements, qui serviraient en même temps de petit autel portatif, a été très-répandu parmi les femmes de tous les états chrétiens depuis les commencements du moyen-âge jusqu'au dix-septième siècle, comme nous le prouvent un grand nombre de portraits: on voit par exemple à Augsbourg, dans la gallerie de la ville, le portrait d'Isabelle la Catholique, peint par Alonzo Coello; elle porte, suspendue à une chaîne de con une semblable qui se ferme par deux battants d'or émaillés. La duchesse Eléonore d'Urbin dans le portrait du Titien à Florence en porte aussi une du même genre et à laquelle, comme la nôtre, sont suspendues trois perles; la clef pour ouvrir les battants pend dessus.*) L'exemplaire le plus important et le plus remarquable connu jusqu'à présent se trouve à la riche chapelle de Munich; il est orné d'images d'or recouvertes du plus bel émail. Il date du quatorzième siècle et a été porté par Marie Stuart qui, avant son exécution, l'a remis à sa femme de chambre, Elisabeth Vaux, comme il est prouvé d'une manière authentique.**)

Planche XXXVII. Vase à boire en terre cuite des dernières années du Seizième siècle.

A cette époque les vases et les cruches de ce genre constituaient un article de commerce très-répandu. Ils étaient surtout fabriqués à Greussen, dans le voisinage de Bayreuth, avec les vases connus sous le nom de Apostelkrüge. L'ornementation est encore dans l'ancien goût oriental qui, introduit par le commerce en Allemagne, s'y est conservé pendant des siècles dans plusieurs branches d'industrie.

Tous les ornements en creux sont empreints à l'estampille; les têtes d'anges sont moulées à part, puis ajoutées. Les ornements de feuillage et de fleurs sont peints en bleu, blanc, vert et jaune de couleurs cuites au four, tandis que les surfaces pleines et les espaces marqués de petits losanges et de points en creux ont la couleur naturelle de la terre cuite qui est d'un gris jaunâtre et qui par sa douceur contraste agréablement avec les autres couleurs qui sont plus brillantes.

*) Voir les Costumes chrétiens au moyen-âge par Hefner-Alteneck, 3e partie, pl. 103.
**) Voir Objets d'art et ustensiles etc. par C. Becker et Hefner-Alteneck, 3e vol., pl. 10.

Tafel 38. Reliquiarium und Daumbrettstein aus dem Anfange des 11. Jahrhunderts.

Unter A und B ein fast lebensgrosser männlicher Kopf in Kupfer getrieben, ciselirt und im Feuer vergoldet, mit einem verschliessbaren Deckel auf dem Scheitel; die einzelnen Linien in den Haupthaaren und dem Barte, wie das Ornament unten am Abschlusse des Halses sind eingravirt; letzteres stellen wir unter C in Originalgrösse dar. Das Innere der Augen ist emaillirt, was das grosse Ansehen dieses merkwürdigen Bildwerkes sehr erhöht. Das Typische des Kopfes, welches oft in den früh christlichen Kunstperioden erscheint, erinnert auch an die altgriechische Kunst, wie u. a. an die Köpfe der Aegineten in der Glyptothek zu München. Dieses Reliquiarium stammt aus der Lambertuskirche in Düsseldorf. Schon in der Karolingischen Periode verbreitete sich die Sitte, kostbare Reliquienbehälter anzufertigen, für welche man vom 11 Jahrhundert an mit Vorliebe die Form von Köpfen, Armen, Füssen und ganzen Figuren wählte, je nachdem Hirnschalen, Armknochen etc. der Heiligen darin aufbewahrt wurden.

Derartige Köpfe, welche unter dem Halse durch einen Rand abgeschlossen sind, gehören zu der früheren Art solcher Reliquiarien, während später vorzüglich auf Postamenten ruhende Büsten an ihre Stelle treten.

Einer der merkwürdigsten Reliquienbehälter in Kopfform und aus Goldblech getrieben befindet sich in dem britischen Museum zu London; er stammt aus dem Dome zu Basel; doch wird er durch Strenge des Styls, technische Durchbildung, wie gute Erhaltung von dem Vorliegenden übertroffen.

In Bezug auf mittelalterliche Reliquienbehälter in Kopf- und Büstenform, wie in den verschiedenartigsten Gestalten müssen wir ein Werk anführen, welches eine sehr bedeutende Uebersicht bietet: es ist der überaus reichhaltige Pergament-Codex mit Abbildungen in colorirten Federzeichnungen und Miniaturgemälden, welcher den ehemaligen Domschatz zu Mainz darstellt, durch Schüler und unter dem Einflusse des Albrecht Dürer im Auftrage des Kardinals und Churfürsten Albrecht von Brandenburg ausgeführt wurde und sich in der Schlossbibliothek zu Aschaffenburg befindet.

Einen Gegenstand anderer Art, jedoch dem Style und der Ursprungsperiode nach mit dem obigen verwandt, geben wir unter D.

Es ist ein Daumbrettstein, aus der Krone eines Hirschgeweihes geschnitten. Das Bildwerk in seiner Mitte, Haut-relief, indem dessen Hintergrund sehr vertieft ist, zeigt vier Männer in einem Schiff, von welchen zwei einen Kasten in die Wellen versenken. Diese Darstellung könnte sich auf den in dem Rhein versenkten Nibelungenschatz beziehen, aber auch auf sonstige Schätze oder Reliquien, welche man zu bergen suchte.

Solche Brettsteine erscheinen nur mehr vereinzelt, als grosse Seltenheiten des Mittelalters, in den Museen. Vier in dieser Art mit mythologischen und allegorischen Darstellungen, welche jetzt in dem k. Museum zu Berlin

Planche XXXVIII. Reliquaire et Dame du commencement du onzième siècle.

A et B offrent une tête d'homme à peu-près de grandeur naturelle, repoussée en cuivre, ciselée et dorée au feu, avec un couvercle à serrure sur le sommet; les lignes particulières de la chevelure et de la barbe sont gravées, de même que l'ornement qui termine le cou; cet ornement est représenté sous C en grandeur originale. L'intérieur des yeux est émaillé, ce qui rehausse l'aspect historique de cette figure remarquable. Les types de la tête, ce que l'on voit fréquemment dans les périodes reculées de l'art du christianisme, nous rappellent l'art grecque, p. ex. les têtes des Aeginetes dans la Glyptothèque à Munic. Ce reliquaire tire son origine de l'église de St. Lambert à Dusseldorf. C'est sous le règne des Carlovingiens que se répandit déjà l'usage de ces reliquaires précieux, pour lesquels on avait choisi avec prédilection, depuis l'entrée du onzième siècle, la forme de têtes, de bras, de jambes ou de figures entières, laquelle variait selon le contenu de ces reliquaires, qui se composait ou de crânes, d'os de bras etc. etc. des Saints.

De pareilles têtes, qui terminaient au dessous du cou par un bord, appartenaient à un genre antérieur de reliquaires et furent ensuite remplacées par des bustes sur piédestaux.

Un des plus remarquables reliquaires en forme de têtes, repoussé en laiton d'or, se trouve au Musée britannique à Londres; il provenait de la Cathédrale de Bâsle; cependant il est surpassé de la figure-ci-jointe tant pour la sévérité du style que pour sa perfection technique et sa bonne conservation.

Relativement aux reliquaires du moyen âge en forme de têtes, de bustes et diverses autres formes, nous citerons un oeuvre qui en donne une idée complète, c'est le Codex en parchemin avec une quantité de dessins à-plumes coloriés et de miniatures, ce codex qui représente l'ancien trésor de la Cathédrale à Mayence, fut exécuté par des élèves d'Albrecht Dürer sous l'influence de ce même, par l'ordre du Cardinal et Electeur Albrecht de Brandenbourg; il se trouve dans la bibliothèque du château royal d'Aschaffenbourg.

Il donne un objet différent, quoique analogue au précédent sous le rapport du style et de la période de l'origine.

C'est une dame, taillée d'un bois de cerf. La figure du milieu en haut-relief montre quatre hommes dans un vaisseau, dont deux jettent un coffre dans les flots. Cette représentation pourrait se rapporter au trésor des Nibelungen, qui a été jeté dans le Rhein, ou même à d'autres trésors et reliques que l'on a voulu cacher.

De telles dames ne se voient que rarement dans les Musées comme de grandes curiosités du moyen âge. Quatre pièces de ce genre avec des figures allégoriques et mythologiques, qui sont actuellement conservées au Musée à Berlin, nous les avons dessinées et décrites lorsqu'ils

sind, haben wir in unsern „Kunstwerken und Geräthschaften des Mittelalters" Band II Tafel 25 dargestellt und
beschrieben, als sie sich noch in Privatbesitz befanden, und
drei ähnliche sieht man unter den Schätzen des Musée
Sauvageot im Louvre zu Paris.

Tafel 39. In Buchsbaum geschnittenes Bildwerk aus
der ersten Hälfte des 16. Jahrhunderts in originalgrosser
Abbildung.

Die obere Darstellung zeigt in stark erhabener Arbeit
Lucretia, welche sich in den Armen ihres Gatten ersticht
und zwar in der naiven Auffassung und dem Costüme dieser
Periode.

Die untere gibt in minder stark erhabener Arbeit das
Bild des „Ambrosius Schenarts, Decan bei St. Adelbert",
vom Jahre 1554.

Von beiden Werken, besonders dem letzteren, können
wir nach der Charakteristik annehmen, dass sie von der
Hand des ausgezeichneten Bildschnitzers Friedrich Hagenauer
aus Strassburg, der sich in Augsburg aufhielt, herstammen.

Unter dem Prachtvollsten dieser Art von Kunstwerken,
was in verschiedenen Sammlungen, als in dem k. k. Antiken-
Kabinet zu Wien, dem k. Museum zu Berlin, dem Louvre
zu Paris etc. aufbewahrt wird, wollen wir die Bildnisse der
Münchener Patrizier-Familien Liegsalz und Greller, von Mann
und Frau, im bayerischen National-Museum hervorheben;
und bei den vorzüglichsten Künstlern dieser Periode, welche
derartige kleinere Bildwerke aus Holz, bestehend in Bildnissen, Frieszverzierungen, Ornamenten etc. fertigten, die von
Medailliegiessern, Gold- und Silberarbeitern als Modelle benutzt
wurden, müssen wir hier ausser jenem Hagenauer auch der
nachstehenden gedenken: Peter Flötner zu Nürnberg, gest.
1546, Hans Schwarz ebendaselbst, welcher gegen das
Jahr 1550 starb, Hans Nell und Lorenz Rosenbaum aus
Augsburg, welche zur Zeit Karl V. lebten, und Hans Kels
aus Kaufbeuern, der Meister des wunderbaren Schachbrettes
in der k. k. Schatzkammer zu Wien mit den Bildnissen
Karl V und Friedrich I.

Tafel 40. Pracht- oder Ehrendegen, mit Gold und
Silber eingelegt.

Er stammt aus dem Anfange des 17. Jahrhunderts und
wurde in einem Sarge der Familiengruft des berühmten
Geschlechtes der Grafen von Pappenheim in der Kirche zu
Pappenheim.

Ehe wir die Art desselben näher beschreiben, lassen
wir hier die schriftliche Mittheilung folgen, welche wir
Sr. Erlaucht dem Grafen und Herrn Ludwig zu Pappenheim,
dem derzeitigen Familienhaupte, verdanken.

„Was den ehemaligen Besitzer des interessanten Schwertes
betrifft, so war derselbe Ihrer kaiserlichen Majestät und des
heiligen römischen Reiches Erbmarschall Maximilian Graf
und Herr zu Pappenheim, Landgraf zu Stühlingen, geb. am
2. Februar 1580. Derselbe, ein ausgezeichneter Mann, der
zu den Höchstgestellten damaliger Epoche gezählt werden

étaient en possession particulière dans nos „objets d'art
d'ustensiles du moyen âge", tome II. planche XXIII.
On en voit trois d'analogues au Musée Sauvageot au
Louvre à Paris.

Planche XXXIX. Sculpture en buis de la première
moitié du seizième siècle, en grandeur de l'original.

La figure supérieure montre en relief assez fort
Lucrèce, se poignardant dans les bras de son époux.
La conception naïve ainsi que le costume, répondent
à cette époque.

La figure inférieure donne en relief moins fort
l'image d'Ambrosius Schenarts, Décan à St. Adelbert,
de l'an 1554.

A en juger des caractères de ces deux ouvrages,
principalement du dernier, on est porté à les attribuer
à Frédéric Hagenauer de Strasbourg, fameux sculpteur
en bois qui vivait alors à Augsbourg.

Parmi ce genre d'oeuvres d'art qui sont conservées
dans les diverses collections, comme p. ex. au cabinet
impérial d'antiquités à Vienne, au Musée royal à Berlin, au Louvre à Paris, nous distinguons de ce qu'il y en a
de plus magnifique, les images des familles patriciennes
de Munie, Liegsalz et Greller, mari et femme, qui se
trouvent au Musée national de Bavière; au sujet des
artistes les plus remarquables de la période sus-dite, qui
exécutaient de pareilles petites sculptures, lesquelles ont
servis de modèle aux medailleurs, aux orfèvres, nous ne
saurions guère oublier les noms d'un Peter Flötner de
Nuremberg, mort 1546, Hans Schwarz, du même lieu, qui
mourût vers l'an 1550, Hans Nell et Lorenz Rosenbaum
d'Augsbourg, qui tous vivaient du temps de Charles V.,
et Hans Kels de Kaufbeuren, qui exécutait ce mer-
veilleux échiquier un trésor impérial à Vienne, avec les
figures de Charles V. et de Frédéric I.

Planche XL. Épée de luxe ou épée d'honneur,
incrustée d'or et d'argent.

Elle date du dix-septième siècle et fut trouvée dans
un cercueil du caveau de l'illustre maison des Comtes de
Pappenheim à l'église de Pappenheim.

Avant de la décrire nous communiquerons les faits,
que nous tenons du Comte Louis de Pappenheim, actuellement chef de famille.

„L'ancien propriétaire de cette épée intéressante était
Maximilien Comte à Pappenheim, Landgrave à Stühlingen,
maréchal héréditaire de sa Majesté impériale et du saint
empire de Rome, il naquit le deux février 1580. C'était
un homme distingué, qui occupait une des plus hautes
places à cette époque; il avait joui d'une éducation
excellente et fort rare de ces temps et avait acquis ses
sciences aux universités de Tubingen et de Heidelberg;

kann, hatte eine für jene Zeit seltene und vorzügliche Erziehung genossen und seine wissenschaftliche Bildung auf den Universitäten zu Tübingen und Heidelberg erlangt. Hierauf machte er grössere Reisen nach Frankreich, Italien und anderer Herren Länder, bei welcher Gelegenheit er wohl in den Besitz dieses Schwertes gekommen sein mag. Er war ein äusserst begüterter Herr, was schon aus dem Umstand hervorgeht, dass er seiner Tochter Maximiliane, welche einen Fürstenberg heirathete, 200,000 Goldgulden — den Goldgulden à 5 fl. — nebst den bedeutenden Herrschaften Howen, Stühlingen etc. übergab. Er lebte bis 1639. Verheirathet war er in I. Ehe mit Elisabeth, geb. Gräfin Sayn-Wittgenstein, in II. Ehe mit Juliane Gräfin von Wied, in III. Ehe mit Maria Ursula Gräfin von Leiningen-Faxburg und zuletzt verlobt mit Anna Sophia, Tochter des Pfalzgrafen August I. von Sulzbach; er starb aber noch während des Brautstandes. Sein Bildniss stellt einen Mann in Lebensgrösse dar, im Kostum des 30jährigen Krieges, die linke Hand auf einen Schwertgriff gestützt, welcher aber nicht der fragliche ist. Das Schwert mit diesem Griffe liegt auf einem neben ihm stehenden Tisch. Es scheint also ganz besonders in Ehren gehalten worden zu sein. Die rechte Hand hält den mit Gold beschlagenen Marschallstab. Eine besonders reiche und schöne Halskette, jedenfalls ein Ehrengeschenk, und eine andere hängen vornen über die Brust. Der Stoff des äusserst geschmackvollen Anzugs scheint graue Seide zu sein mit eingewirkten Dessins von schwarzem Sammt. Die Beine stecken in hohen Reiterstiefeln mit grossen goldenen Sporen, wie solche zur Zeit des 30jährigen Krieges getragen wurden. Das ganze Porträt ist in mehrfacher Beziehung äusserst interessant. Das Grabmal des Marschalls Maximilian, welches sich in der Stadtkirche zu Pappenheim befindet, ward 1842 bei Gelegenheit von Reparaturen in Gegenwart mehrerer noch lebender Zeugen geöffnet. Es fand sich ein grosser zinnerner Sarg vor, welcher aufgedeckt wurde und in Folge einer kurz zuvor eingetretenen Altmühl-Ueberschwemmung voll Wasser war, da die Kirche und namentlich die Grabstätte ziemlich tief liegen.

Ausser dem Skelette und dem Schwerte fand sich nichts Erkennbares mehr vor."

Die Auffindung des Sarges wie dieses Schwertes fiel noch in jene Periode, in welcher man solchen Dingen wenig oder gar keine Aufmerksamkeit zuwendete. Der damalige Chef des Hauses schenkte letzteres einem Alterthumsfreunde und so kam es in neuerer Zeit in die fürstlichen Sammlungen zu Sigmaringen.

Wir müssen leider dabei bemerken, dass dieses Schwert, welches sich in vorliegender Abbildung in seiner Pracht als erhalten zeigt, durchaus verrostet und mehrfach zertrümmert ist. Ungeachtet ihres üblen Zustandes konnten wir diese Luxuswaffe in ihrer ursprünglichen Pracht durch genaue Zeichnung wieder herstellen, indem sich ein jedes Ornament der Vorderseite auf der Rückseite wiederholt, daher eine Ergänzung des Fehlenden ermöglicht wurde. Der Griff war schwarzes Eisen, durchaus mit feinen eingeschlagenen Gold-

ensuite il fit des voyages étendus en France, en Italie et en divers autres pays et probablement c'est dans un de ces voyages, qu'il fit l'acquisition de cette épée. Il possédait de grands biens, ce qui se prouve du fait, qu'il donnait à sa fille Maximilienne, qui mariait un Fürstenberg, une dote de 200,000 florins en or (au fl. en or par 5 fl.) avec les grandes domaines de Howen, de Stühlingen etc. Il vivait jusqu'à l'an 1639. Il avait épousé en premières noces Elisabeth, née Comtesse de Sayn-Wittgenstein, en secondes Juliane, Comtesse de Wied, en troisièmes, Ursula, Comtesse de Leiningen-Faxbourg, et mourut fiancé d'Anna Sophia, fille du Comte Palatinat Auguste de Salzbach. Son portrait représente un homme en grandeur naturelle, portant le costume de la guerre de trente ans; la main gauche est appuyée sur le pomme d'une épée, qui cependant n'est pas celle en question. L'épée dont il s'agit, est posée sur une table à côté de lui; il parait donc qu'elle lui ne été très chère. La main droite tout le bâton de maréchal garni d'or. Deux colliers, dont l'un, sans doute un présent d'honneur, est particulièrement riche et beau, tombent sur la poitrine. L'étoffe du costume d'un goût exquis, parait être de soie grise avec des dessins tissés en velour noir. Les jambes sont chaussées de hautes bottes de cuire, ornées de grands éperons d'or, comme c'étaient de l'usage du temps de la guerre de trente ans. Ce portrait est extrêmement intéressant. La pierre funéraire du Maréchal Maximilien à l'église de ville à Pappenheim fut ouverte, pour être restaurée, en présence de plusieurs témoins, vivant encore, l'on y trouvait un cercueil qui se montrait, après avoir été découvert, entièrement rempli d'eau, ce qui fût occasionné par une inondation de l'Altmühl qui eût lieu peu avant; c'est que les fondements de l'église et principalement du coeur sont assez profonds. Excepté l'épée et le squelette on n'y trouvait plus rien de reconnaissable." La découverte du cercueil ainsi que de l'épée tomba dans une époque où l'on ne s'intéressait guère à de pareilles choses. L'ancien chef de famille fit présent de cette épée à un ami d'antiquités et c'est de cette manière qu'elle est passée dans la collection du prince de Sigmaringen.

Nous sommes obligés de remarquer, que cette épée que la figure ci-jointe montre dans toute sa splendeur primitive, est tout à fait rouillée et brisée en plusieurs morceaux; cependant, comme chaque ornement de la face antérieure se répète sur le revers, nous réussissions à moyen d'un dessin exacte, à reproduire cette arme de luxe dans sa magnificence originale. La pomme en fer noir, entièrement incrusté de fins ornements d'or, dont ceux de plus grandes dimensions en argent ressortent comme caryatides, guirlandes de fleurs et mascarons. À donne en contours la partie du milieu de la lance à pares, vue d'en haut. Les ornements d'or qui passaient par dessus la lame entière, à en juger des débris encore existants, montraient entre des guirlandes de feuillage qui se répètent, la couronne anglaise à trois plumes et les chiffres H. B.;

Ornamenten überzogen, auf welchen die grösseren Verzierungen, bestehend aus geflügelten Karyatiden, Blumengewinden und Masken, in Silber erhaben, hervortreten. Unter B erscheint der Mitteltheil der Parirstange von oben gesehen im Umrisse. Die Gehörnamente, welche, den vorhandenen Trümmern nach zu urtheilen, sich über die ganze Klinge erstreckten, und von denen wir einen Theil der Fortsetzung unter A im Umriss geben, enthalten in sich wiederholenden Laubgewinden die englische Krone mit drei Federn und die Buchstaben H und B, wiewohl wir von letzterem nicht mit Bestimmtheit sagen können, ob es nicht etwa ein R gewesen sei, da der Untertheil in keinem der Trümmer zu finden ist. Ueber die Bedeutung dieser Zeichen lässt sich manche Vermuthung aufstellen, doch vor der Hand keine Gewissheit geben. Nahe liegt, dass die Klinge, aus einer englischen Werkstätte bezogen, in diesen Griff eingesetzt wurde, und in jenem Falle die Buchstaben H. B. oder R. auf den früheren König Heinrich VIII., also „Henricus Rex Britaniae" (oder Britaniae rex) als Landesherrn hinweisen. Es wurden sehr häufig kostbare Klingen aus andern Ländern nach Deutschland und ebenso umgekehrt eingeführt, und gleich oder auch später mit entsprechenden Griffen versehen.

Bekanntlich waren die Griffe der Schwerter jener Zeit zum gewöhnlichen Tragen und zu dem Kampfe mit einem mehr oder weniger complizirten Korbe (Spangenwerk) versehen, während Ceremonien- und Ehrendegen noch die hier vorliegende einfache Kreuzform beibehalten haben.

Wie bedeutungsvoll und von welchem Werthe dieses Schwert für Maximilian war, geht genugsam daraus hervor, dass er sich damit malen und auch begraben liess. Vorzugsweise in jener Periode war es Sitte, vornehmen Personen Dinge von unschätzbarem Werthe mit ins Grab zu geben. Unter den vielen Beweisen, welche wir dafür haben, ist der nächststehende, dass in einem geöffneten Grabe des Marschalls Heinrich XI zu Pappenheim, gestorben 1590, sich zwei goldene Ringe vorfanden, wovon der eine einen grossen Rubin mit dem eingravirten Wappen der Pappenheim hat. Diese beiden Ringe sind im Besitze des genannten Grafen Ludwig.

Tafel 41 und 42. Reliquiebehälter aus der zweiten Hälfte des 12. Jahrhunderts, in Form eines Hauses, von Kupfer, vergoldet und emaillirt. Er stammt aus dem ehemaligen Nonnenkloster Gruol bei Haigerloch im Fürstenthume Sigmaringen. Wir geben die Totalansicht desselben auf Tafel 41 bei A von vorne und lassen dann die einzelnen Theile in grösserem Maassstabe auf den beiden Tafeln unter B bis M folgen.

Dieses seltene Werk mittelalterlichen Kunsthandwerkes zeichnet sich durch seine ungewöhnlich reichen bildlichen Darstellungen aus, welche in die flachen Kupferplatten eingravirt und mit einem Emailgrunde versehen sind, der in den einzelnen Abtheilungen in dunkelblau, hellblau, grünlich hellblau, und weiss wechselt. Die höchst naiv gehaltenen

pour ce dernier dont on ne voit que la partie d'en haut, celle d'en bas ne s'est nulle part trouvé, il est difficile à constater, si elle représente un H ou un R. Quant à la signification de ces chiffres, on en pourrait faire différentes conjectures. Probablement la lame à été tirée d'un atelier anglais et mise dans la poignée susdite; dans ce cas les chiffres H. B. se rapporteraient au roi Henri VIII. donc „Henricus Rex Britanae" (ou Britaniae Rex) comme souverain du pays.

De telles lames précieuses ont fréquemment été introduites des pays étrangers en Allemagne et de l'Allemagne en pays étrangers et ont été munies de poignées analogues.

Il est connu que les pommes des épées de la période indiquée ont été surmontées d'un pas-d'âne, pour l'usage ordinaire ainsi que pour la bataille, tandis que les épées de luxe ou d'honneur ont conservé la forme que montre la figure ci-jointe. On voit de quelle importance et de quel prix cette épée était pour Maximilien par ce qu'il la portait, lorsqu'il fit faire son portrait et qu'il la prit même avec lui dans la tombe. C'est principalement à cette période que s'exerçait l'usage de mettre dans le cercueil des personnes distinguées des objets d'une valeur inappréciable. Pour soutenir cette opinion nous pourrions dire qu'on trouvait dans le caveau découvert du Maréchal Henri XI à Pappenheim, mort à l'an 1590 deux anneaux, l'un orné d'un grand rubis, sur lequel étaient gravées les armes des Pappenheim. Le Comte Louis dont nous avons déjà fait mention est en possession de ces deux anneaux.

Planche XLI—XLII. Reliquaire de la seconde moitié du douzième siècle en forme d'une maison, de cuivre, doré et émaillé. Il vient de l'ancien couvent de femmes tirnol près de Haigerloch dans la principauté de Sigmaringen. Nous en donnons la figure générale, planche XLI, sous A du devant, les parties séparées sur les deux planches à la lettre B jusque M.

Ce rare ouvrage de l'industrie du moyen âge se distingue particulièrement par ses figures extraordinairement riches, qui sont gravées dans des plaques de cuivre plates sur fond d'émail, qui varie dans les différentes parties en bleu foncé, bleu clair, bleu clair verdâtre, et blanc.

Les figures, extrêmement naïves, montrent la vie de Jésus, commençant par l'annonciation de la Sainte Vierge, finissant par l'ascension. Le devant du reliquaire, planche XLI B représente l'annonciation de la Sainte Vierge, l'annonciation des bergers, l'adoration des Rois. La face des côtés suivante ou plus petites dimensions sous C la circoncision; le revers du coffret, planche XLII D le baptême dans le Jourdan; toutes les figures dans la manière étrange, qui se trouve si fréquemment dans les évangiles en parchemin du douzième siècle; l'on y voit l'eau désignée par des poissons et l'ange tenant une serviette pour essuyer, le massacre des enfants, dans lequel

Darstellungen zeigen das Leben Jesu, beginnend mit der Verkündigung der Maria und endend mit dem im Himmel thronenden Christus. Auf der Vorderseite des Reliquiariums Tafel 41 B erscheint die Verkündigung der heiligen Jungfrau, die Geburt Christi, die Verkündigung der Hirten und die Anbetung der drei Könige. Auf der folgenden schmaleren Seitenfläche C die Beschneidung. Die Rückseite Tafel 42 D behandelt die Taufe im Jordan, das Wasser durch Fische bezeichnet, ein Engel hält das Tuch zum Abtrocknen, welche Art der Darstellung häufig in den Pergament-malereien des XII. Jahrhunderts vorkommt, — den liethlehe-mischen Kindermord, — wobei nur ein Kind mit der Mutter vertreten ist, dann die Flucht nach Egypten. Die sich anschliessende Seitenfläche Tafel 41 E zeigt die Hochzeit von Kanaan. Auf der vorderen Fläche des Daches Tafel 42 F ist der Einzug in Jerusalem dargestellt; während die folgende schmalere Seitenfläche des Daches Tafel 41 G die Gefangennehmung, die entgegengesetzte Seitenfläche H aber Christus am Kreuze mit Maria und Johannes nebst Sonne und Mond, welche weinen, zum Gegenstande hat. Auf der Rückfläche des Daches I Christus als Salvator auf dem Throne sitzend, von den Apostelfürsten umgeben. Die Kanten des Daches sind mit Perlenstäben besetzt, in welchen die Perlen durch hellblaues Email gebildet sind, und es enden diese Stäbe oder Spangen in Eidechsenköpfe. Ein Auslauf dieser Stäbe ist auf Tafel 42 bei L von oben und bei M von der Seite zu sehen. Die kleine Oberfläche des Daches zeigt K auf Tafel 41, in deren Mitte befindet sich eine runde Oeffnung, dazu bestimmt, an besonderen Festtagen Reliquien aufzustecken.

Tafel 43. Ciborium (Hostienbehälter) aus dem Beginne des 11. Jahrhunderts, von Kupfer, stark in Feuer vergoldet; die Büste auf dem Deckel aus Silber getrieben und ebenfalls vergoldet. Dieses kirchliche Gefäss ist von einer seltenen Form, in welcher sehr wenige bis auf unsere Tage erhalten blieben. Wie wir schon mehrmals nachgewiesen, wurden von karolingischer Zeit an bis in das XIII. Jahrhundert sehr häufig, wie es hier der Fall ist, zu christlichem Gottesdienste bestimmte Geräthschaften nicht nur mit Edel- und Halbedelsteinen, sondern auch mit Gemmen und Cameen aus griechischer und römischer Periode besetzt, welche durchaus keine christliche Darstellungen enthalten.

Die weibliche Büste mit Krone, etwa eine Fürstin, als die Stifterin dieses Gefässes, welche den Knopf oder die Handhabe des Deckels bildet, trägt den eigenthümlichen, rohen Charakter der Köpfe auf den silbernen Brakteaten jener Periode.

Unter B ist dieselbe im Profil originalgross dargestellt. Die Ornamentirung des Gefässes besteht aus breiten Streifen und runden Scheiben, durch gebogenen und aufgelötheten Draht gebildet; in denselben befinden sich auf dem Deckel 16 Steine, worunter 6 Gemmen, und auf dem Untertheil auch 16 Steine, darunter 4 Gemmen. Von den Ornamen-

on ne trouve qu'un seul enfant avec sa mère et la fuite en Égypte. — La face du côté voisin, planche XLI E représente les noces de Cana. A la face du devant du toit, planche XLII F, on voit l'entrée dans la ville de Jérusalem; la face du côté suivant plus étroit du toit, planche XLI G, contient l'emprisonnement, la face du côté opposé H Jésus-Christ sur la croix avec Marie et St. Jean, qui pleurent, et le soleil et la lune. Sur la face du revers du toit I Jésus-Christ comme Sauveur est assis sur le trône entouré des apôtres St. Pierre et St. Paul. Les carnes du toit sont garnies de barres garnies de perles d'émail bleu-clair. Ces barres se finissent en têtes de lézards; nous avons représenté en L, planche XLII, le dessus et en M le profil d'une telle barre. Nous donnons la petite surface du toit en K, planche XLI; au milieu on trouve une petite ouverture destinée à y mettre des reliques aux grandes fêtes de l'année.

Planche XLIII. Ciboire (vase sacré où sont renfermées les hosties) — du commencement du onzième siècle, de cuivre, bien doré au feu; le buste sur le couvercle repoussé en argent et aussi doré. Ce vase sacré a la forme très-singulière qui ne s'est conservée qu'en très-peu d'exemplaires jusqu'à nos jours. Comme nous avons montré déjà plusieurs fois, les ustensiles destinés au culte divin étaient garnis du temps des Carlovingiens jusqu'au treizième siècle non seulement de pierres précieuses et d'autres pierres de grand valeur, mais encore de gemmes et de camées de la période romaine et grecque qui ne contiennent point de représentations chrétiennes.

Le buste de la femme couronnée, peut-être d'une princesse comme donatrice de ce vase, qui forme le bouton ou l'anse du couvercle, a le caractère particulier et grossier des têtes qui se trouvent aux bractéates de cette période.

En B est représenté le profil de ce buste en grandeur d'exécution. Les ornements de ce vase se composent de grandes raies et de cercles formés de fils de métal courbés et soudés. On trouve sur le couvercle dans ces raies 16 pierres, dont 6 sont des gemmes, et sur le dessous 16 pierres, dont 4 sont aussi des gemmes.

Nous avons représenté en C, D et E trois de ces

ten, welche in der Totalansicht nicht zum Vorschein kommen, haben wir unter C, D und E drei in Originalgrösse gegeben.

Tafel 44, 45, 46 und 47. Die folgenden vier Tafeln geben zwei bronzene Thürflügel aus dem XV. Jahrhundert, gegenwärtig in der Pfarrkirche zu Sigmaringen als Verschluss einer Mauernische mit Reliquien des heiligen Fidelis dienend, welcher in Sigmaringen geboren ward.

Tafel 44 zeigt den untern Theil des Flügels zur Linken des Beschauers, Tafel 45 die obere Hälfte desselben, Tafel 46 die untere Hälfte des Flügels zur Rechten und Tafel 47 dessen obere Hälfte.

Diese Thürflügel befanden sich ursprünglich in der Kapelle des Schlosses zu Sigmaringen, wohin sie der darauf dargestellte Stifter zum Verschlusse anderer Heiligthümer bestimmt hatte. Sie wurden erst in später Zeit, keinesfalls vor 1746, in welchem Jahre Fidelis canonisirt wurde, an den jetzigen Ort gebracht.

Die 16 Felder der beiden Flügel bestehen aus eingesetzten gegossenen und versilberten Bronzetafeln mit erhabenem Bildwerke; letzteres ist in edlem Stile, meisterhaft ciselirt, während der Hintergrund mit einem zierlichen Teppichmuster gravirt ist. Nur die Heiligenscheine, Kronen und das Andreaskreuz sind von vergoldetem Silber besonders aufgenietet. Die Rahmenfassungen dieser Tafeln bestehen aus reinem Messing, welches in Goldfarbe einen wirksamen Gegensatz zu dem versilberten Bildwerke bildet, und sind im äusseren breiten Rande mit einem charakteristischen Laubornament gravirt. Die erste Abtheilung unten links, auf Tafel 44, zeigt den Stifter dieses Meisterwerkes, den Grafen Felix von Werdenberg, kniend und betend, nebst dem Wappen von Werdenberg und Montfort.

Dieser Graf Felix, damaliger Besitzer des Schlosses zu Sigmaringen, erscheint hier in jener Art von Rüstung, welche den Schluss des XV. Jahrhunderts bezeichnet, mit vorherrschend spitzen Formen der Schienen, spitzen Schnabelschuhen und dem einfachen Eisenhute, Schaller, auch Salade genannt.

Derselbe Graf erscheint nochmals in Lebensgrösse, an den Gesichtszügen und der etwas untersetzten Gestalt kenntlich, mit seinem Wappen und dem goldenen Vliesse vor Maria, mit dem Leichname Christi auf den Schoosse, kniend, in einem prachtvollen Haut-relief von Stein vom Jahre 1526 über dem Hauptportal des Schlosses zu Sigmaringen. Hier trägt er eine Rüstung der späteren Art, mit feinen Riefen gestreift und mit breiten Füssen, wie solche in Nürnberg nach Angabe Maximilians I. angefertigt, zuerst im Jahre 1513 im Kriege gegen die Mailänder gebraucht und daher „Mailänder Rüstungen" benannt wurden.

Die andern 15 Bildwerke enthalten Heilige, auf Consolen stehend, wohl die Patronen des Hauses Werdenberg, was sich wenigstens bei einigen darunter nachweisen lässt. Die Reihenfolge dieser Heiligen, oben zur Linken des Beschauers beginnend, ist: 1) Der h. Sixtus, mit Palme, dem

ornements en grandeur d'exécution, parce qu'on ne les voit pas dans l'ensemble du vase.

Planche XLIV, XLV, XLVI et XLVII. Les quatre planches suivantes représentent deux battants de bronze du quinzième siècle, qui se trouvent à présent dans l'église paroissiale de Sigmaringen destinés à fermer une niche au mur contenant les reliques de St. Fidelis, qui naquit à Sigmaringen.

Planche XLIV représente la partie inférieure du battant à gauche du spectateur, planche XLV la moitié supérieure, planche XLVI la moitié inférieure du battant à droite et planche XLVII la moitié supérieure. D'abord ces battants se trouvaient dans la chapelle du château de Sigmaringen, à laquelle le fondateur y représenté les avait destiné pour couvrir d'autres choses sacrées. Ils ne furent apportés à ce lieu qu'un temps plus tard, pas certainement avant l'an 1746, où Fidelis fut canonisé.

Les 16 champs des deux battants se composent de tables de bronze fondues et argentées avec des sculptures en relief; ces sculptures sont d'un style noble et parfaitement bien ciselé, le fond en est couvert d'un tapis élégant. Seulement les auréoles, les couronnes et la croix de St. André, tout d'argent doré, sont soudées sur ce fond. Les bordures des cadres de ces tables sont de laiton, dont la couleur d'or contraste très-bien avec la sculpture argentée; elles sont gravées d'un ornement de feuillage caractéristique dans leur bord large extrême. La première partie en bas à gauche, planche XLIV, représente le comte Félix de Werdenberg, donateur de cet ouvrage d'art, priant à genoux, avec les armes de Werdenberg et Montfort.

Ce comte Félix, à ce temps possesseur du château de Sigmaringen, y apparaît dans cette espèce d'armure, qui est propre à la fin du 15 siècle; il a les tassettes articulées, où les formes pointues prédominent, et les bottes à bec, le simple casque de fer, appelé Schaller ou Salade.

Le même comte apparaît encore une autre fois en grandeur naturelle à genoux devant la St. Vierge, le corps de Jésus-Christ sur ses genoux, avec ses armoiries et la toison d'or sur un haut-relief magnifique de pierre de l'an 1526, qui se trouve au dessus du portail principal du château de Sigmaringen. On le connaît aux traits et à la figure un peu trapue. Ici il a l'armure d'un temps plus tard, rayée de fins sillons et les pieds plats. Ces armures furent fabriquées à Nuremberg selon le projet de l'empereur Maximilien I, employées pour la première fois en 1513 dans la guerre contre les Milanais et pour cela appelées „armures de Milan".

Les autres 15 sculptures représentent des Saints sur des consoles, probablement les patrons de la Maison de Werdenberg, comme on le peut prouver par quelques-uns.

Si nous commençons au dessus à gauche du spectateur, ces Saints se suivent ainsi: 1. St. Sixte avec la palme, emblème d'un martyre. 2. St. Vierge avec l'enfant Jésus.

Zeichen eines Martyrers; 2) die Jungfrau Maria mit dem Jesuskinde; 3) der h. Georg mit dem Lindwurm; 4) St. Sebastian mit Pfeilen; 5) Johannes der Täufer mit dem Lamm; 6) Johannes der Apostel mit dem Kelche; 7) Christoph mit dem Kinde auf den Schultern, 8) die h. Barbara mit dem Kelche; 9) der h. Benedictus als Mönch mit dem Becher; 10) der h. Antonius mit dem Schwein; 11) die h. Margaretha mit dem Drachen; 12) die h. Agnes mit dem Blumenkörbchen; 13) der Apostel Andreas mit dem Kreuze; 14) die h. Gudula mit der Kerze, welche auszublasen der Teufel versucht; 15) eine Heilige mit nicht mehr vorhandenem Heiligenschein und ohne kennzeichnendes Attribut; in ihrer Rechten hält sie das Modell einer wohl ihr zu Ehren gestifteten Kirche, wie unter vielen ähnlichen Beispielen auch Albrecht Dürer in seinem bekannten Holzschnitte den h. Sebaldus mit dem Modell der Sebaldus-kirche zu Nürnberg dargestellt hat.

Tafel 48. Kirchliche Geräthschaften von vergoldetem und emaillirtem Kupfer aus der zweiten Hälfte des XII. Jahrhunderts. A Reliquiarium in Form eines Monile, dem Wesen nach mit jenem verwandt, welches wir auf Tafel 21 unter C, D, E gegeben haben; es konnte ebenfalls zum Anhängen wie als Pluvialschliesse gebraucht werden und enthielt Reliquien, welche nicht mehr vorhanden sind. Auf der nach Art der geistlichen Siegel gegen oben und unten zugespitzten Mittelplatte ist die Halbfigur eines Engels mit Ornamenten gravirt und der Hintergrund des ersteren grün, der letzteren blau emaillirt.

Auf der vergoldeten Fläche, welche sich bis zum äusseren Rande in Vierpassform erstreckt, sitzen 18 Perlen in Fassungen. Die Rückseite des Ganzen ist mit einer gravirten Metallplatte aus neuer Zeit belegt.

B Dreifuss oder Untersatz von Kupfer, emaillirt und vergoldet in romanischem Stile, auf welchen sowohl der obere Theil eines Leuchters als auch vorzugsweise ein Crucifix aufgesetzt wurde. Die Vortragkreuze nahm man häufig von der Stange ab und steckte sie auf solche Füsse, um sie auf den Altar zu stellen. Zwischen den drei angemeldeten Eidechsen — häufig als Sinnbild des Christenthums an kirchlichen Geräthen angewendet — befinden sich in dreifacher Wiederholung Ornamente, welche sich in Gold mit roth und weiss emaillirten Blumen schön von ihrem blauen Emailgrunde abheben. Unter C ist eine der Eidechsen von Rücken, unter D von der Seite gesehen dargestellt.

3. St. George avec le dragon. 4. St. Sébastien avec des flèches. 5. St. Jean-Baptiste avec l'agneau. 6. St. Jean l'apôtre avec le calice. 7. St. Christophe avec l'enfant sur ses épaules. 8. St. Barbe avec le calice. 9. St. Benoît comme moine avec le gobelet. 10. St. Antoin avec le cochon. 11. St. Marguerite avec le dragon. 12. St. Agnès avec la corbeille à fleurs. 13. St. André l'apôtre avec la croix. 14. St. Gudule avec la chandelle, que le diable veut souffler. 15. Une Sainte, qui n'a plus l'auréole ni des attributs, qui la puissent caractériser. Elle a dans sa droite le modèle d'une église, probablement dédiée à son honneur; on trouve une quantité de tels exemples; aussi A. Dürer a représenté dans sa fameuse gravure en bois St. Sebalde avec le modèle de l'église de St. Sebalde.

Planche XLVIII. Des ustensiles sacrés de cuivre doré et émaillé de la seconde moitié du douzième siècle. En A est représenté un reliquaire avec la forme d'un monile, et y a de l'affinité essentielle entre ce reliquaire et celui, que nous avons donné sur la planche XXI en C, D, E. On le pourrait s'attacher ou employer en clôture d'un pluvial; il contient des reliques qui ne se sont plus conservées. Sur la plaque, qui se trouve au milieu et qui est pointée vers le dessus et le dessous à manière de cachets de l'église, un ange y est dessiné et d'ornements gravés; le fond du premier est émaillé de vert, celui des ornements de bleu.

Sur la surface dorée en forme de quatrefeuille 18 perles sont mises en nacres. Tout revers est revêtu d'une plaque gravée de métal du temps moderne.

B représente un trépied ou socle de cuivre émaillé et doré au style roman, où la partie supérieure d'un chandelier et principalement un crucifix étaient mis. On levait très-souvent les croix proposables de leur fût et les mettait sur de tels trépieds pour les placer sur l'autel. Entre les trois lézards — qui sont souvent employés aux ustensiles sacrés comme les emblèmes du christianisme — il y a des ornements trois fois répétés, qui sont d'or avec des fleurs émaillées de rouge et blanc et qui contrastent bien avec leur fond émaillé de bleu. En C on a représenté le dos et en D le profil d'un des lézards.

Tafel 49. Tragbarer Altar von Bronze, feuervergoldet, emaillirt und theilweise mit Silber beschlagen, aus der zweiten Hälfte des XII. Jahrhunderts, in Originalgrösse dargestellt.

Derartige Altäre bestanden in der Regel nur aus einer Steinplatte in Umrahmung, welche mehr oder weniger verziert war, daher erscheint der vorliegende Altar schon auf ungewöhnliche Art reich ausgeschmückt.

Wie hier die geometrische Vorderansicht des Ganzen bei A zeigt, hat er oben und unten einen stark vorspringenden Rand, und ruht auf vier eidechsenförmigen Füssen, von welchen einer von vorne gesehen unter B besonders dargestellt ist.

Von den vier Seitenflächen sind die drei in der Totalansicht nicht sichtbaren unter C, G, E besonders dargestellt. Sie enthalten in zwölf Feldern die Brustbilder der zwölf Apostel, welche auf der vergoldeten Metallfläche durch wenige eingravirte Lineamente hergestellt sind. Der Emailgrund derselben wechselt in wenigen Farben. Der oben vorspringende Rand, fortlaufend unter D, F, H dargestellt, enthält die Namen der darunter befindlichen Apostel, ebenfalls in flachem vergoldetem Metall, auf in Blau und Weiss wechselndem Emailgrunde.

Der untere vorspringende Rand hat eine Ueberlage von Silberblech mit erhaben getriebenen Ornamenten.

Die Oberfläche, unter I zur Hälfte dargestellt, zeigt in der Mitte eine Platte von röthlich grauem Marmor mit einer breiten Umrahmung von Silberblech mit erhaben getriebenen Ornamenten.

Der Kern des ganzen Altärchens besteht aus Holz, dessen innere Höhlung die Reliquien enthielt und durch besagte Steinplatte gedeckt und verschlossen ist. —

Im Allgemeinen bestand ein tragbarer Altar (Altare portatile, itinerare, levaticum genannt) in einer Steinplatte, welche mit Holz oder Metall eingefasst im Innern mit Reliquien versehen und vom Bischof consecrirt war. Nach einem der frühesten Kirchengesetze durfte nur auf einem Steinaltar, welcher Reliquien der Märtyrer enthielt, Messe gelesen werden. Da Bischöfe und Heerführer häufig an Orte kamen, wo keine Kirche war und doch die hl. Messe hören wollten, führten sie solchen kleinen Altar auf Reisen mit sich, der zum Messopfer schon ausreichte, wenn nur der Kelch oder die Hostie Platz darauf fand. Kaiser Constantin führte schon einen solchen Altar mit sich. (Eusebii vita Constant. lib. I cap. 42.) In den Kreuzzügen war deren Gebrauch schon sehr häufig.

Tafel 50. Geschirre von gebrannter Thonerde aus dem XVI. Jahrhundert.

A ein kleines Krüglein aus einer niederrheinischen Fabrik, wohl aus jener zu Siegburg bei Köln; dasselbe ist in röthlich brauner Farbe stark gebrannt. Das nicht

Planche XLIX. Autel portatif en bronze, doré au feu, émaillé et en partie garni d'argent, de la seconde moitié du XIIe siècle, représenté dans sa grandeur originale.

Les autels de ce genre ne se composaient ordinairement que d'une table de pierre entourée d'un cadre plus ou moins orné; c'est la richesse de son entourage qui fait paraître cet autel orné d'une façon peu commune.

Ainsi que l'indique ici, sous la lettre A, la perspective de l'autel entier, en de face, il présente en haut et en bas au bord très-saillant et repose sur quatre pieds en forme de lézard. L'un de ces pieds est spécialement représenté de face sous la lettre B.

Des quatre champs de l'autel, les trois qu'on n'aperçoit pas sont désignés en particulier sous les lettres C, G, E. Ces quatre champs contiennent dans douze panneaux les bustes des douze apôtres dessinés au moyen de quelques lignes gravées sur la surface dorée du métal. Le fond d'émail des panneaux offre peu de variété de couleurs. Le bord saillant supérieur désigné sous les lettres D, F, H, contient, à la suite l'une de l'autre, également en métal doré et de forme aplatie sur fond d'émail, alternativement bleu et blanc, les noms des apôtres qui se trouvent au dessous.

Le bord saillant inférieur est recouvert de lames d'argent à ornements relevés en bosse.

La surface représentée à demi, sous la lettre I, se compose, au milieu, d'une table en marbre gris-rouge, entourée d'un large entre-lame d'argent, ornementé et relevé en bosse.

Le corps de tout le petit autel est en bois. Sa cavité intérieure contenait les reliques. Elle est recouverte et fermée par la table.

En général, un autel portatif (nommé altare portatile, itinerans, levaticum) se composait d'une table en pierre encadrée de bois ou de métal contenant des reliques à l'intérieur et était consacré par l'évêque. D'après une des plus anciennes lois de l'église, il n'était permis de dire la messe que sur un autel qui renfermait des reliques de martyrs. Comme les évêques et les chefs des armées se trouvaient souvent dans des lieux où il n'y avait pas d'église et que cependant ils désiraient entendre la sainte messe, ils faisaient suivre en voyage avec eux, un petit autel de ce genre qui suffisait à l'office divin, pourvu qu'il s'y trouvât assez d'espace pour y placer le calice ou l'hostie. L'Empereur Constantin, déjà de son temps, faisait porter avec lui un de ces autels (Eusebii, vita Constant. lib. Ier Cap. 42). Dans les croisades on en faisait très souvent usage.

Planche L. Vaisselle en terre cuite du XVIe siècle.

A. Un petit pot à boire d'une fabrique du Bas-Rhin, probablement de celle de Siegbourg près de Cologne, fortement cuit en couleur brun-rouge. Le sujet qui s'y

stark erhabene Bildwerk darauf, aus Formen von Erde oder Holz gepresst und aufgesetzt, besteht aus drei Abtheilungen, darstellend einen Mann, welcher Wein einschenkt, einen zweiten, welcher die Laute spielt und in deren Mitte eine sitzende Dame. Beide letztgenannten Figuren, welche in unserer Totalansicht nicht zu sehen sind, erscheinen unter B und C besonders dargestellt. Diese drei Figuren tragen die Kleidung, welche in der Entstehungsperiode dieser Thonarbeit Sitte war und sind den Musterblättern entnommen, welche die deutschen Meister aus Albr. Dürers Schule so vielfach für gewerbliche Zwecke fertigten.

D ein Thongefäss mit Deckel aus einer oberdeutschen, wohl Nürnberger Töpferwerkstätte.

Die Grundform desselben ist auf der Drehscheibe gefertigt, das Laubwerk auf dem Deckel und sonstiges erhabene Bildwerk ist nach obengenannter Art in Formen gepresst und hat durch Glasur hergestellte hellgelbe Farbe, dagegen zeigt der plattabgedrehte Grund die rothbraune Naturfarbe der Thonerde unter der durchsichtigen Glasur. Sichtlich stammten die Formen oder Modelle, durch welche das erhobene Bildwerk hergestellt wurde, theils aus der zweiten Hälfte des XV. theils aus der ersten Hälfte des XVI. Jahrhunderts, wie gar häufig bei Krügen und ähnlichen Töpferwaaren lange Zeit hindurch solche Formen ohne besondere Auswahl angewendet wurden.

Auf dem Deckel erscheint zwischen dem viertheiligen Blattwerk der Reihe nach ein Jäger zu Pferd, ein Hirsch, der hier sichtbare Bär, und dann derselbe Hirsch. Auf dem Untertheil die hier sichtbare Maria mit Kind, der Evangelist Matthäus, Maria und Anna mit dem Jesukind der Evangelist Johannes, die Flucht nach Egypten und der Evangelist Marcus.

Diese beiden Thongefässe mit nicht sonderlich scharf ausgeprägtem Bildwerk standen damals beiläufig auf derselben Stufe wie heutigen Tages unsere gemeinen Küchengeschirre, sie dienen daher als Beweis, wie sehr damals die Kunst in das niederste Handwerk eingedrungen war.

Tafel 51. Arbeiten im Renaissancestil von Holz und von Eisen, aus der ersten Hälfte des XVII. Jahrhunderts.

A ein Kronleuchter, gebildet durch eine phantastisch behandelte Sirene, in Holz geschnitten und bemalt; mit Fischschweif, aufgefügtem Hirschgeweih und hohenzoller'schem Wappenschilde, in ihrer Linken ein Leuchter, in ihrer Rechten ein Zweig. Ihre wenige Bekleidung besteht in einem grünen Gewande, roth ausgeschlagen, und einem Perlenschmuck; der versilberte Fischschweif ist mit verschiedenen Farben leicht lasirt.

Aehnliche Kronleuchter, aus Hirschgeweihen mit Figuren gebildet, waren vom Beginne des XV. bis in die Mitte des XVII. Jahrhunderts ein sehr beliebter Gegenstand, der in Burgen und Wohnhäusern kaum fehlen durfte. In der fürstlichen Kunstsammlung und Schlosseinrichtung zu Sigmaringen befinden sich verschiedene Exemplare dieser

tronc, peu en relief, formé dans un moule de terre ou de bois appliqué ensuite, se compose de trois parties distinctes, représentant un homme qui verse du vin, un second qui joue du luth et au milieu d'eux, une dame assise. Les deux dernières figures qui sont cachées dans le dessin, sont indiquées à part sous les lettres B et C. Ces trois figures portent le vêtement de l'époque de la fabrication de cet ouvrage en terre cuite et sont faites d'après les modèles que les peintres allemands de l'école d'Albert Dürer composaient si fréquemment pour l'industrie.

D. Un vase en terre, avec couvercle, sortant de l'atelier d'un potier de la Haute-Allemagne, probablement de Nuremberg.

Sa forme simple est faite au tour; le feuillage sur le couvercle, ainsi que les autres ornements en relief, est fait dans un moule comme il est dit ci-dessus et a une couleur jaune clair produite par un vernis; au contraire, le fond plat tourné au tour montre, sous la transparence du vernis, la couleur naturelle rouge-brun de l'argile. Evidemment les moules ou modèles au moyen desquels les figures en relief ont été faites, datent, en partie de la seconde moitié du XVme, en partie de la première moitié du seizième siècle; car bien souvent et pendant longtemps on a employé indistinctement ces modèles, pour la fabrication des pots et de la poterie de ce genre. Sur le couvercle, entre le feuillage divisé en quatre parties, se trouvent l'un après l'autre, un chasseur à cheval, un cerf, un ours, ce dernier visible sur le dessin et le même cerf répété. Sur la partie inférieure, la Sainte Vierge Marie avec son enfant, aussi visibles sur le dessin, St. Mathieu l'évangéliste, Marie et Anne avec l'enfant Jésus, St. Jean l'évangéliste, la fuite en Egypte et St. Marc l'évangéliste.

Ces deux vases en terre avec les figures aux contours peu accentués, accompaient alors la même rang que de nos jours, notre vaisselle de cuisine ordinaire. Ils démontrent donc jusqu'à quel point l'art, à cette époque, avait pénétré dans les métiers les plus infimes.

Planche LI. — Ouvrages dans le style de la renaissance, en bois et en fer, de la première moitié du XVIIme siècle.

A. Un lustre, en bois sculpté et peint, représentant une sirène fantastique avec une queue de poisson, la ramure d'un cerf adaptée à la naissance de cette queue et les armes des Hohenzollern. Cette sirène tient à la main gauche un flambeau allumé et à la droite une branche de feuillage. Le vêtement qui ne la couvre que faiblement consiste en une tunique verte doublée de rouge; sa parure est un collier de perles. La queue de poisson argentée est légèrement recouverte de couleurs transparentes et variées.

Les lustres de ce genre formés de ramures de cerf avec des figures, étaient, depuis le commencement du XVme jusqu'au milieu du XVIIme siècle, un objet très en faveur

Art. In der Regel zeigen sie nicht wie hier Phantasie-Figuren, sondern Bildnisse (Halbfiguren in Hirschgeweih auslaufend) von Frauen und Jungfrauen in der Tracht ihrer Entstehungsperiode, ein oder zwei Wappenschilder haltend. Wir zweifeln daher nicht, dass gewöhnlich das Frauenbild die Hausfrau mit Wappenschildern als Stammhalterin und das Hirschgeweih die Kraft des Mannes, welcher den Hirsch erlegte, darstellte, sonach das Ganze ein werthes Familienandenken bildete.

Die in neuerer Zeit am meisten durch Nachbildungen und Abgüsse verbreiteten Costümdamen des XVI. Jahrhunderts mit Hirschgeweih befinden sich im Besitze des Verfassers, die eine aus Nürnberg, die andere aus Constanz stammend. Der bekannte Kupferstich des Martin Zagel vom Jahre 1564, die Unariung genannt, zeigt im Zimmer an der Decke hängend ein ähnliches Hirschgeweihweiblein. Auch bildeten ähnliche Luster eine Zierde der Zunft-stuben, so z. B. existirt noch ein solcher in dem Hause der Gärtnerzunft zu Basel mit einer Jungfrau, welche Blumen und Gartengeräthe zeigt. Merkwürdigerweise war die ältere Art dieser Kronleuchter meistens nicht so sirenenartig, dass deren Untertheil in Hirschgeweih auslief, sondern dass eine Frauenbüste, sich unter der Brust endend, durch einen Schild abgeschlossen war und sich die Geweihe an deren Rücken flügelartig ansetzten. Beispiele der Art befinden sich im bayerischen Nationalmuseum, auch besitzt ein solches sehr interessantes Exemplar Ritter Hugo von Goldegg im Schlosse Fehlthurn, eine Frauenbüste mit burgundischem Kopfputz, an deren Rücken sich zwei riesige Steinbockshörner statt der gewöhnlichen Geweihe anschliessen. Aber auch nicht immer dienten Frauenbildnisse, Sirenen und Aehnliches zu solchen Zwecken, — sondern es kamen auch ausnahmsweise religiöse Darstellungen in solcher Verbindung mit Geweihen vor. So z. B. befindet sich im bayerischen Nationalmuseum ein solcher grosser Hirschgeweihkronleuchter mit der hl. Maria als Brustbild mit dem Jesukinde und dem Schilde einer Schützengilde. Lucas Cranach fertigte im Jahre 1540 für ein Evangelienbuch einen Holzschnitt, worauf er den Apostel Paulus schreibend in einem Zimmer, wie es wohl Meister Cranach selbst bewohnt haben mag, darstellte; an der Decke desselben erscheint ein solcher Kronleuchter mit dem Brustbilde des Ecce homo mit gekreuzten Armen, der Dornenkrone und auf dem Schilde die Leidenswerkzeuge.

In den selteneren Fällen hält die Figur wie hier das Licht in der Hand, bei den meisten aber befinden sich Vorrichtungen an den Geweihen zum Aufstecken der Kerzen. Auch sind häufig die Geweihe an ihren Enden noch durch eine Eisenstange verbunden, auf welchen Kerzen aufgesteckt werden.

B ein in Eisen künstlich geschmiedeter grosser Schlüssel, wie seine Beschaffenheit und besonders die Vorrichtung daran zum Aufhängen zeigt, als Aushängeschild eines Schlossermeisters gebraucht. Wie noch Spuren zeigen, hatte er früher eine Oelvergoldung.

Tafel 52. Zwei Rauchfässer aus dem XIV. Jahrhundert, in geometrischer Zeichnung dargestellt, beide unter 1 und 3 von vorne und unter 2 und 4 von oben gesehen. Ein solches Kirchengeräthe wurde turibulum, von tus der Weihrauch, genannt. Diese beiden Exemplare gehören zu den einfachsten ihrer Art, sie sind in Bronze gegossen und hatten nie Vergoldung; sie zeigen die Architektur ihrer Entstehungsperiode auf die Eigenthümlichkeit ihrer Gestaltung übertragen.

Die Ketten, an welchen das Ganze getragen und der Deckel auf und niedergelassen wurde, fehlen an beiden Exemplaren.

Wenn auch diese Gussarbeiten in genannter Periode entstanden sind, so dürfen wir doch nicht ausser Acht lassen, dass sie noch bis in das XVI. Jahrhundert besonders für ärmere Dorfkirchen beibehalten, und aus denselben Formen angefertigt wurden.

Derartige Rauchgefässe haben wir bereits, vom Einfachsten bis zum Reichsten in unsern »Kunstwerken und Geräthschaften des Mittelalters« gegeben und zwar in Band I Tafel 58, 69, II 13, III 30, 17.

Tafel 53. Holzsculpturen aus dem Schlosse des XV. und Anfange des XVI. Jahrhunderts.

A die hl. Magdalena, aus Eichenholz geschnitten, als einzelne Figur. Wie nicht zu zweifeln, gehörte sie ursprünglich zu einer grösseren Gruppe, die Kreuzigung darstellend. Den Kreuzesstamm haben wir in der Abbildung hinzugefügt, um dieser knieenden Magdalena ihre Bedeutung zu geben. Sie ist in niederrheinischer Frauentracht dargestellt, als Hautrelief behandelt, jedoch ohne Hintergrund, an den äusseren Umrissen ausgeschnitten.

B kleine freistehende Statuette von Buxbaum, Maria mit dem Jesukinde.

Beide Kunstwerke zeigen den Stil ihrer genannten Entstehungsperiode, aber auch zugleich in Gesichtszügen und Gewandung die Verschiedenheit der Schulen, aus welchen sie hervorgegangen; die hl. Magdalena A ist das Werk eines niederrheinischen und die hl. Maria B das eines Nürnberger Meisters.

Tafel 54. Weihbecken oder Weihwasserkessel in Bronze gegossen mit Feuervergoldung aus dem X. Jahrhundert; der Henkel zum Tragen ist nicht mehr vorhanden, die erhabensten Stellen des Bildwerkes sind durch den Gebrauch abgeschliffen.

les ramures ont des appareils pour recevoir les cierges. Les extrémités des ramures sont souvent unies aussi par une barre de fer sur laquelle on plaçait les cierges.

B. Une grande clef en fer artistement forgé qui servait d'enseigne à un maître serrurier qui était destinée à être suspendue ainsi que l'indiquent sa nature et particulièrement sa disposition. Elle porte encore les traces d'une dorure à l'huile.

Planche LII. — Deux encensoirs du XIVᵐᵉ siècle, figurés géométriquement, tous les deux vus de face, sous les n°ˢ 1 et 3 et d'en haut, sous les n°ˢ 2 et 4. On nommait cet objet d'église, turibulum, du mot tus qui signifie encens. Ces deux spécimens étaient de l'espèce la plus simple; ils sont coulés en bronze et n'étaient jamais dorés; on reconnaît, à leur forme singulière, le style de l'architecture de l'époque à laquelle ils ont été fabriqués.

Les chaînes qui supportaient l'encensoir et au moyen desquelles on relevait et on abaissait le couvercle, manquent dans les deux spécimens.

Quoique ces objets coulés aient pris naissance à l'époque dénommée, il ne faut pas perdre de vue qu'on en a fait de la même forme jusqu'au XVIᵉ siècle; ils étaient destinés principalement aux églises de village pauvres.

Nous avons déjà reproduit des encensoirs semblables, depuis le plus simple jusqu'au plus riche, dans notre ouvrage intitulé: »Objets d'art et ustensiles du moyen-âge,« 1ᵉʳ volume planches 58 et 69; 2ᵉ volume, planche 13 et 3ᵉ volume, planches 30 et 47.

Planche LIII. — Sculptures en bois de la fin du XVᵐᵉ et du commencement du XVIᵐᵉ siècle.

A. Une sainte Madeleine en bois de chêne sculpté, représentée isolée. Elle appartenait originairement, cela n'est pas douteux, à un groupe de plusieurs figures, ayant pour sujet le crucifiement. Dans le dessin, nous avons ajouté l'arbre de la croix, afin d'expliquer l'attitude de cette Madeleine agenouillée. Elle porte le costume des femmes du Bas-Rhin, est façonnée en plein relief, mais toute fois sans fond et découpée dans ses contours extérieurs.

B. Une petite statuette en bois, également isolée, Marie avec l'enfant Jésus.

Ces deux objets d'art, en même temps qu'ils indiquent le style de l'époque de leur fabrication, indiquent également dans les traits du visage et dans les vêtements, la différence des écoles d'où ils sont sortis; la sainte Madeleine désignée sous la lettre A, est l'œuvre d'un sculpteur du Bas-Rhin et la Sainte Marie désignée sous la lettre B, est celle d'un sculpteur de Nuremberg.

Planche LIV. — Vase consacré pour l'eau bénite ou bénitier du Xᵐᵉ siècle, coulé en bronze et doré au feu; l'anse qui servait à le porter n'existe plus; les parties les plus en relief ont été effacées par le temps.

Cette œuvre rare qui se distingue par ses figures

Dieses durch sein reichhaltiges und bedeutungsvolles Bildwerk ausgezeichnete und seltene Werk stammt aus der Abteikirche auf der Insel Reichenau im Bodensee, wo es von der dortigen Kirchenverwaltung erworben und durch einen Bronzeabguss desselben ersetzt wurde.

Da nachweislich schon im X. Jahrhundert in der grossen Abtei der Reichenau Künste und Wissenschaften jeder Art geübt wurden, so können wir nicht zweifeln, dass auch dieses Werk daselbst seinen Ursprung fand.

Unsere Darstellung zeigt dieses Gefäss in perspectivischer Ansicht, da aber in derselben nur die eine Seite zum Vorschein kommt, so geben wir darüber das vollständige Bildwerk, welches das Ganze umgibt, als aufgerollt gedacht. Der beigefügte Massstab zeigt die nicht beträchtliche Originalgrösse.

In dem erhobenen Bildwerke dieses Weihbeckens erscheinen die zwölf Apostel sitzend unter Rundbogen, welche auf Säulen ruhen, je sechs in zwei Reihen über einander. In den Zwischenräumen der Bogen oben erscheinen sechs Cherubim, in jenen unten sechs Engel. Die übrigen Zwischenraume sind mit jenen phantastischen Thiergestalten ausgefüllt, welche wir nicht leicht an einem Kunstwerke der romanischen Periode vermissen und deren Deutung wir gerne Anderen überlassen. In einigen Stellen der durchlaufenden Gesimse zeigen sich noch Spuren von Namen der betreffenden Apostel, welche ausser dem Philippus durch kein Attribut kenntlich gemacht sind.

Tafel 55. Monile oder Pluvialschliesse aus dem XIII. Jahrhundert in Originalgrösse dargestellt; sie diente das Pluviale des Bischofs als Agrafe zusammenzuhalten und besteht aus feuervergoldetem Kupfer mit theilweiser Emaillirung. Das Ganze ist im Stil jener Periode gehalten, wobei mehr der Ausdruck eines Gedankens, als zierliche Kunstform berücksichtigt ist.

Die stark vorspringenden Figuren zeigen als Hauptgegenstand die hl. Maria mit dem Kinde, ein Engel in der Höhe schwingt über ihr ein Rauchfass; zu ihren Füssen kniet ein Priester, der Stifter des Werkes als Donator, auf beiden Seiten stehen die Apostel Petrus und Paulus, am Schwert des letzteren ist der Untertheil nicht mehr vorhanden. Vermuthlich waren beide Apostel die Patronen der betreffenden Kirche. Auf beiden Seiten dieser Figurengruppe erscheinen zwei Wappenschilde genau in der Form, wie sie von Rittern jener Zeit getragen wurden; deren Bildwerk, in einem Sparren, Lilien und einem Fisch bestehend, bezieht sich wohl auf die Person des Donators oder des Bischofs, welcher diesen kirchlichen Schmuck trug. Im unteren Theil dieses Werkes erscheint in vier Kolonnen der Name des Donators „Jacobus Gibrauh presbiter"; der Grund dieser Schrift ist trübroth emaillirt; der Hintergrund der Figuren mit goldenen Sternen hat blaue Emaillirung, ebenso der Grund des goldenen Bildwerkes in den Wappenschildern.

Die Pluvialschliessen, welchen bedeutende Künstler

nombreuses et caractérisés, proviont de l'abbaye de l'île de Reichenau, sur le lac de Constance, où elle a été acquise par le conseil de fabrique de l'église du lieu et remplacée par une copie coulée en bronze.

On peut prouver que, déjà au Xme siècle, les arts et les sciences étaient cultivés dans la grande abbaye de Reichenau; on ne saurait donc douter que cette œuvre n'y ait pris naissance.

Notre dessin représente ce vase en perspective; mais comme il n'y est visible que d'un seul côté, nous donnons au dessus l'ensemble des figures qui entourent le bénitier entier, en le supposant déroulé. L'échelle qui y est jointe met en vue les dimensions peu considérables de l'original.

Les figures en relief de ce bénitier montrent les douze apôtres assis sous des arceaux reposant sur des colonnes, six par six, les uns au dessus des autres et alternativement sur deux rangs. Dans les intervalles des arceaux supérieurs, on voit six chérubins et entre les arceaux inférieurs six anges. Les autres intervalles sont remplis par des animaux fantastiques que nous trouvons presque constamment reproduits dans les ouvrages d'art de l'époque romane et dont nous laissons volontiers à d'autres la description. Sur quelques parties des moulures qui se continuent sans interruption, on aperçoit encore les traces des noms de ces apôtres qui, à l'exception de l'apôtre Philippe, ne sont reconnaissables par aucun attribut.

Planche LV. — Agrafe ou fermoir de pluvial ou chape, du XIIIme siècle, en grandeur originale; elle servait à agrafer la chape de l'évêque et est faite en cuivre doré au feu, avec émaillure partielle. Cette agrafe est composée dans le style de cette époque à laquelle on se préoccupait plus de l'expression d'une pensée, que de l'élégance de la forme artistique.

Les figures fort saillantes montrent comme sujet principal, Sainte-Marie avec l'enfant et tout en haut un ange agitant un encensoir au dessus d'elle; un prêtre, l'auteur et le donateur de l'agrafe, est agenouillé à ses pieds; des deux côtés et debout, se trouvent les apôtres Saint-Pierre et Saint-Paul; la partie inférieure de l'épée de ce dernier n'existe plus. Il est probable que ces deux apôtres étaient regardés comme les patrons de l'église desservie par le prêtre. Aux deux extrémités latérales de ce groupe de figures, se voient deux écus exactement semblables à ceux que portaient les chevaliers de ce temps; les armes qui y sont peintes se composant d'un chevron, de lis et d'un poisson et sont probablement celles du donateur ou de l'évêque qui portait cet ornement ecclésiastique. Sur la partie inférieure de l'agrafe est retracé, en quatre lignes, le nom du donateur „Jacobus Gibrauh presbiter"; le fond de cette inscription est émaillé rouge-terne; celui des figures est émaillé bleu avec des étoiles d'or; le champ des écus, dont les armes sont dorées, est également émaillé bleu.

Les fermoirs ou agrafes de chapes auxquels travail-

ihre Thätigkeit zuwendeten, nahmen unter dem kirchlichen Schmucke des Mittelalters eine hervorragende Stelle ein: wir haben andere Beispiele davon in unseren „Kunstwerken und Geräthschaften des Mittelalters" Bd. I Tafel 11 und Bd. II Tafel 1 gegeben.

Tafel 56. Pokal mit Deckel und Henkel von Silber aus dem Anfange des XVII. Jahrhunderts mit reichhaltigen Ornamenten in getriebener und ciselirter Arbeit. Er stammt wohl aus einer Augsburger Werkstätte.

A gibt die Totalansicht; da in derselben das Bildwerk, welches das Ganze umgibt, nur zum Theil sichtbar ist, so haben wir dasselbe unter B als aufgerollt gedacht, besonders dargestellt; es zeigt in sehr gut angeordneten Ornamenten drei fliegende Genien in verschiedenen Stellungen. Auf dem Knopfe des Deckels hält ein sitzender Knabe in der Rechten ein Stäbchen, wohl ursprünglich ein Fähnchen. Die erhobenen Ornamente auf dem Deckel, in der Darstellung des Ganzen nur wenig sichtbar, zeigt in einzelnen Gruppen, aus Früchten und Laub bestehend, D, E und F; zwischen denselben wiederholt sich dreimal das Ornamentchen C. G zeigt die Vorderansicht des durch ein Ornament gebildeten Hebels am Scharnier des Deckels, zum Aufheben des letzteren, H das kleine Schildchen von vorne dargestellt, welches den Abschluss des Henkels unten bildet. Alle Ornamentirung ist, wie die vorspringenden Ränder und das Innere des Pokals, vergoldet, während der Grund derselben mit der Bunze rauh bearbeitet, das reine Silber zeigt.

Tafel 57. Kästchen von gepresstem Leder mit Eisenbeschlägen aus der zweiten Hälfte des XIV. Jahrhunderts. Nach dem Stil des darauf erscheinenden Bildwerkes zweifeln wir nicht, dass dieses Werk französischen Ursprungs ist.

A die Vorderansicht des Ganzen in geometrischer Zeichnung. In mehr verkleinertem Massstabe zeigt B die Rückseite des Untertheils, C jene des Deckels, D eine der Nebenseiten, welche beide ganz gleich sind, E eine der schmalen Deckelseiten, welche sich auch einander gleichen, F den ersten Henkel auf der Mitte des Deckels, G einer der drei Scharnieranschläge auf der kleinen Oberfläche des Deckels.

Unter den mittelalterlichen Werken dieser Art zeichnet sich das vorliegende Exemplar besonders durch scharf contuirte und stark erhobene Ornamentik aus. Der punktirte Grund des Bildwerkes, wie die Zackenlinien der Randfassungen sind reihenweise mit einem Instrumente eingeschlagen. Das schwärzlich braune Leder hat etwas Glanz, die Eisenarbeit daran, welche ursprünglich blank war, ist jetzt mit Rost überzogen.

Tafel 58. Kupfer- und Messing-Gussarbeiten aus der I. Hälfte des XV. Jahrhunderts.

Die mittlere Darstellung zeigt einen Apostelleuchter von Messing; er befindet sich unter sechs ganz gleichen

laient des artistes distingués, occupaient un des premiers rangs dans les ornements ecclésiastiques du moyen-âge; nous en avons donné d'autres spécimens dans notre ouvrage: „Œuvres d'art et ustensiles du moyen-âge", volume I. planche 11 et volume II, planche 1re.

Planche LVI. — Vase à boire ou gobelet, avec couvercle et anse en argent, du commencement du XVII siècle, décoré de nombreux et riches ornements bosselés et ciselés. Il provient probablement d'un atelier d'Augsbourg.

A. Vue totale; comme les figures qui entourent le vase entier n'y sont visibles qu'en partie, nous les avons présentées à part sous la lettre B, en les admettant déroulées; on y voit, dans des ornements très-bien disposés, trois génies qui volent dans des attitudes différentes. Sur le bouton du couvercle, un jeune garçon assis tient à la main droite une baguette qui, selon toute probabilité, était dans l'origine un petit drapeau. Les ornements en relief du couvercle, peu apparents dans la représentation de l'ensemble et, composés de fruits et de feuillage, sont indiqués dans des groupes détachés sous les lettres D, E et F; le petit ornement godronné la lettre C, se répète trois fois. Sous la lettre G, on voit la face un ornement qui sort de levier et qui, adapté à la charnière du couvercle, permet de lever ce dernier. La lettre H indique, représenté de face, le petit écusson qui termine la poignée du vase à son extrémité inférieure. Tous les ornements sont dorés, ainsi que les bords saillants et l'intérieur du vase, tandis que le champ au fond, grossièrement travaillé à l'emboutissoir, en y argent pur.

Planche LVII. — Coffret en cuir gaufré avec garnitures en fer, de la seconde moitié du XIV siècle. D'après le style des figures qui s'y voient, nous ne doutons pas que cet ouvrage ne soit d'origine française.

A. Le coffret entier vu de face. Sur une échelle réduite, nous apparaît sous la lettre B, le côté inférieur de la partie de derrière du coffret. Les lettres minuscules indiquent: C, le côté de derrière du couvercle; D, l'une des deux parties latérales inférieures, toutes deux égales; E, l'un des côtés étroits du couvercle, tous les deux semblables; F, la poignée en fer placée sur le milieu du couvercle et G, l'une des extrémités des trois charnières qui s'arrêtent sur la petite surface du couvercle.

Parmi tous les ouvrages de ce genre faits au moyen-âge, ce coffret se distingue surtout par ses ornements aux contours accentués et très-en relief. Le fond pointillé ainsi que les bordures en zigzags a été frappé, par séries, avec un soin. Le cuir brun-noirâtre est un peu éclairci et les parties en fer qui étaient polies autrefois, sont maintenant couvertes de rouille.

Planche LVIII. — Ouvrages coulés en cuivre et en laiton de la première moitié du XV siècle.

Le dessin du milieu nous montre un chandelier d'église en laiton, dit chandelier d'apôtres; il se trouve

Exemplaren, welche aus der Pfarrkirche zu Dortmund stammen, in der fürstlichen Sammlung.

Nach kirchlicher Vorschrift mussten sich in einer jeden Kirche, welche die volle Weihe hatte, damit Messe darin gelesen werden konnte, zwölf solcher Apostelkreuze oder Apostelleuchter befinden. In den einfachen und ärmeren Kirchen bestanden dieselben häufig aus auf die Wand gemalten Kreuzen, in deren Mitte der Arm eines Wandleuchters befestigt war. Mit aufsteigendem Luxus wurden Kreuze und Leuchter in Metall gefertigt.

Das vorliegende Exemplar gehört nicht nur zu jenen, welche mit Aufwand hergestellt, sondern auch von einer ungewöhnlichen Gestaltung sind. Das Kreuz selbst ist durch eine gothische Maasswerks-Construktion gebildet, in deren Mitte sich ein Wappenschild befindet, während sich der Leuchter hinter dieser Kreuzesform senkrecht erhebt. An der Rückseite des Kreuzes befindet sich ein Henkel, mittelst welchem das Ganze an einen Haken gehängt, einen handbreiten Abstand von der Wand hatte.

Die beiden kleineren Darstellungen der vorliegenden Tafel zeigen den Mittel- und einen Eckbeschlag des Deckels eines Choralbuches in Kupfer gegossen mit wenigen eingeschlagenen Lineamenten; sie bestehen aus einfachen, durchbrochenen Platten mit starkem Vorsprunge, auf welchem der Buchdeckel beim Auflegen ruhte, damit er nicht abgescheuert wurde.

Die darin noch vorherrschenden romanischen Formen haben sich in ähnlichen Dingen des Gusshandwerks bis zu dem XVI. Jahrhundert erhalten.

Tafel 59 und 60. Glasgemälde aus der 2. Hälfte des XIV. Jahrhunderts; sie gehören in eine Reihenfolge von Glasgemälden der fürstlichen Sammlung, welche aus einer Kirche in Ober-Schwaben stammt; sie hat das Leben und Leiden Christi zum Gegenstande; ihre Darstellungsweise zeigt besondere kindliche Naivität und beabsichtigt viel weniger Naturwahrheit und richtige Zeichnung als sprechenden Gedanken und die Wirkung eines dekorativen Teppichmusters.

A Christus am Oelberg im Garten Gethsemane, welcher durch eine Holzumzäunung begrenzt, ein blau und gelbes Teppichmuster an Stelle des nächtlichen Himmels zeigt.

B die Schergen, an deren Spitze Judas, welche kommen, um Christum gefangen zu nehmen. Sie erscheinen in der Rittertracht aus dem Schlusse des XIV. Jahrhunderts, in welcher Periode auch diese Glasgemälde entstanden sind, mit dem Basinet oder der Beckenhaube, daran statt der gewöhnlichen Halsbrünne von Ketten, einen gemusterten Stoff, den unterhalb des Hüften befindlichen ritterlichen Gürtel, die Brustplatte, damals schon von Eisen, Arm- und Beinröhren von gepresstem Leder.

C bildet das Gegenstück zu der Darstellung mit Christus am Kreuze, die Mater dolorosa von Johannes und Magdalena geführt und gehalten; eine Gruppe, der man neben

dans la collection du prince avec six autres chandeliers semblables qui provenaient de l'église paroissiale de Dortmund.

Pour qu'il fût possible de dire la messe dans toute église préalablement consacrée, il fallait, d'après les préceptes de l'église, douze de ces croix ou chandeliers d'apôtres. Dans les églises simples et pauvres, ils consistaient souvent en croix peintes sur le mur, au milieu desquelles était adapté le bras. Lorsque le luxe augmenta, on fabriqua les croix et les chandeliers en métal.

L'objet qui nous occupe ne se rapporte pas seulement à ceux qui ont été faits avec luxe, mais aussi à ceux qui sont d'une forme peu commune. La croix proprement dite, est de forme gothique ou ornaisée; au milieu se trouve un écusson et le chandelier s'élève perpendiculairement derrière la croix. Au dos de la croix est placé un anneau au moyen duquel l'appareil entier, suspendu à un crochet, était maintenu à distance du mur de la largeur d'une main.

Les deux petits dessins de la même planche représentent la garniture, coulée en cuivre, du milieu et d'un des angles de la couverture d'un livre de plain-chant. Ces deux objets dessinés de quelques lignes frappées au coin, se composent de simples plaques percées à jour, avec une forte saillie en forme de tête de clou, qui empêchait la couverture du livre de s'user quand on l'ouvrait.

Les formes romanes qui y prédominaient, se sont conservées jusqu'au XVIe siècle, dans les ouvrages fondus de ce genre.

Planche LIX et LX. — Peintures sur verre de la seconde moitié du XIVe siècle. Elles font partie d'une série de vitraux peints de la collection du prince et proviennent d'une église de la haute-Souabe; cette série a pour sujet la vie et la passion du Christ. Ces peintures, d'un intérêt enfantin tout particulier, font voir qu'on s'est moins préoccupé de la vraisemblance et de l'exactitude du dessin, que de l'idée d'exprimer des pensées saisissantes et d'imiter les dispositions et les couleurs d'une tapisserie.

A. Le Christ sur la montagne des oliviers, dans le jardin de Gethsémani; ce jardin est entouré d'une cloison en bois et une espèce de tapisserie bleue et jaune tient lieu du ciel de nuit.

B. Les bourreaux, avec Judas à leur tête, venant s'emparer du Christ. Ils portent le costume des chevaliers de la fin du XIVe siècle, époque à laquelle ces peintures sur verre ont pris naissance; ils ont en tête le bassinet ou casque en forme de bassin, au lieu du hausse-col ordinaire à mailles, ils sont cités d'une étoffe à dessins, avec le ceinturon de chevalier attaché au dessus des hanches, leur plastron ou demi-cuirasse en fer, comme on le portait déjà à cette époque; les brassards et les cuissards sont en cuir comprimé.

C. La Mater dolorosa, conduite et soutenue par Saint-Jean et par Madeleine, faisant le pendant du

aller Derbheit und Sonderbarkeit, Bewegung und Tiefe der Empfindung nicht absprechen kann.

D auf Tafel 60 Pilatus mit dem Richterstab auf dem Throne sitzend; in seinem phantastischen Costüm herrscht die gothische Ornamentik sehr vor, welche noch besonders beiträgt, das ganze Bildwerk zu einem Teppichmuster zu gestalten.

E das Bruchstück eines Glasgemäldes, welches sich als Schlussdarstellung jenen Bildwerken der Leidensgeschichte anschloss und die Stifterin jener Glasgemälde oder Kirchenfenster in betender Stellung darstellt, was nicht ausschliesst, dass mehrere Stifter oder Stifterinnen vorhanden gewesen sein können. Wir geben dieses Fragment in etwas grösserem Massstabe als das andere Bildwerk mit Hinweglassung der Umgebung, welche durch spätere Restauration hinzugefügt wurde. Es zeigt eine Frau mit Korallen-Rosenkranz in der Tracht der genannten Periode mit weisser, schön gesäumter Kopfumhüllung und herabfallendem Schultertuch, dem kleinen weissen gestelten Stehkragen, anliegendem blauen Kleide, von dessen Aermel zwölf grüne Zotteln herabhangen. Das Spruchband, von welchem nur der Anfang erhalten ist, zeigt das Wort „miserere", es folgte wohl eine Anrufung der hl. Maria

Christ exposé sur la croix. Malgré toute sa rudesse et toute sa bizarrerie, on ne peut contester à ce groupe, du mouvement et la profondeur du sentiment.

D. Dans la planche 60, Pilate assis sur le trône, la masse de juge à la main. Son costume fantastique où domine fortement l'ornementation gothique contribue surtout à donner à toute l'image l'apparence d'un dessin de tapisserie.

F. Fragment d'une peinture sur verre, terminant la série de ces images de la passion; il représente la créatrice de ces peintures sur verre ou vitraux, dans une attitude de prière. Malgré qu'elle y soit seule indiquée comme auteur, il ne faut pas induire de là qu'il n'ait pu y en avoir d'autres. Nous donnons ce fragment sur une échelle un peu plus grande que celle du dessin qui précède, en retranchant ce qui y avait été ajouté par une restauration postérieure. On y voit une femme avec un rosaire en corail à la main, portant le costume de l'époque mentionnée; sa tête est enveloppée d'une étoffe blanche élégamment ourlée; une draperie retombe de ses épaules; un petit col blanc montant et lacé entoure son cou; elle porte un vêtement bleu ajusté, de la manche duquel retombent douze touffes vertes. Sur la bande à inscription, dont il n'existe plus que le commencement, on lit le mot: „miserere"; il est probable que la suite était une invocation à Sainte-Marie.

B

1480 — 1500

1490   1540.

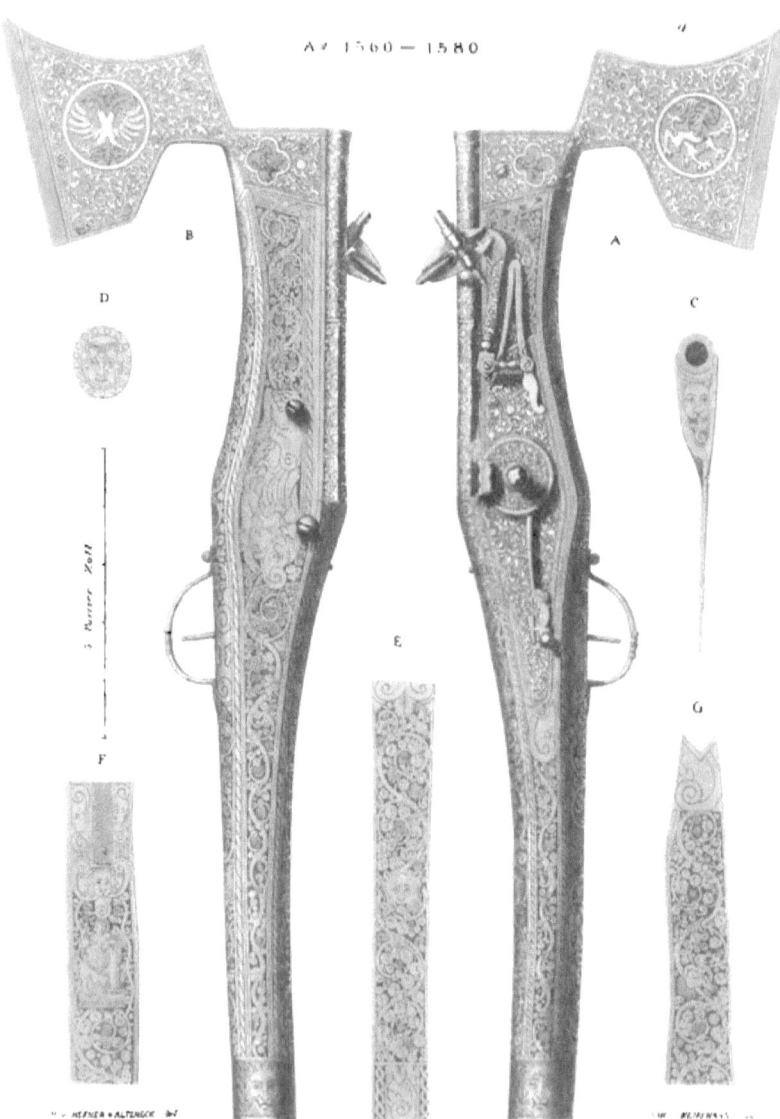

A≈ 1560 — 1580

I Louis Albe
e.....llios.
a de...part

1598

1520 - 1540.

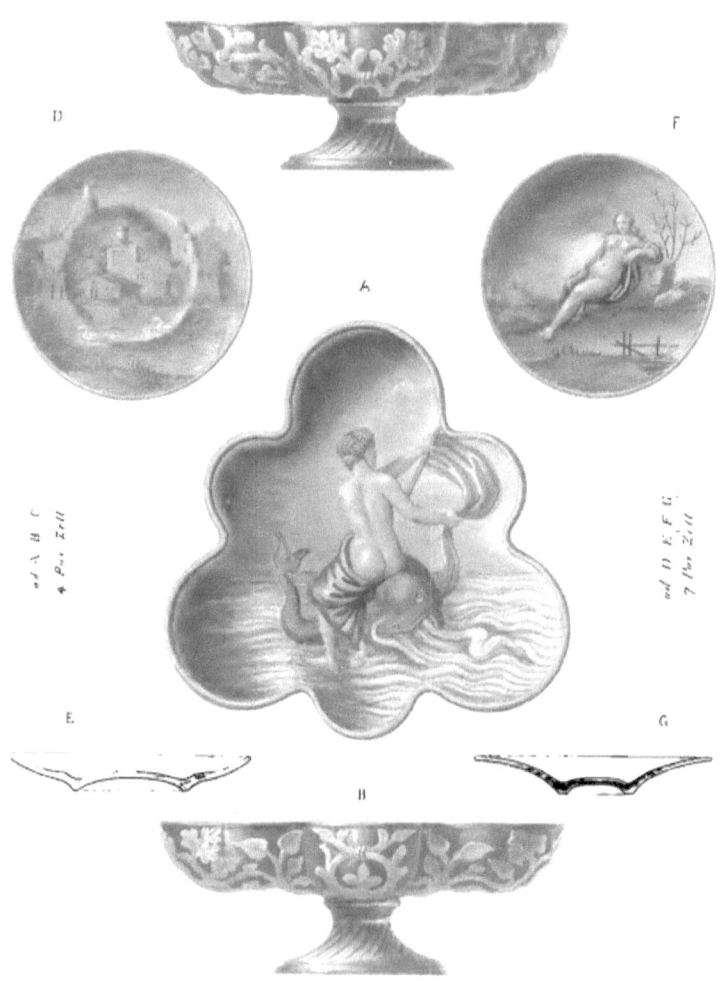

D

F

A

E

G

H

ad A B C
Por. Zell

ad D E F G
7 Por. Zell

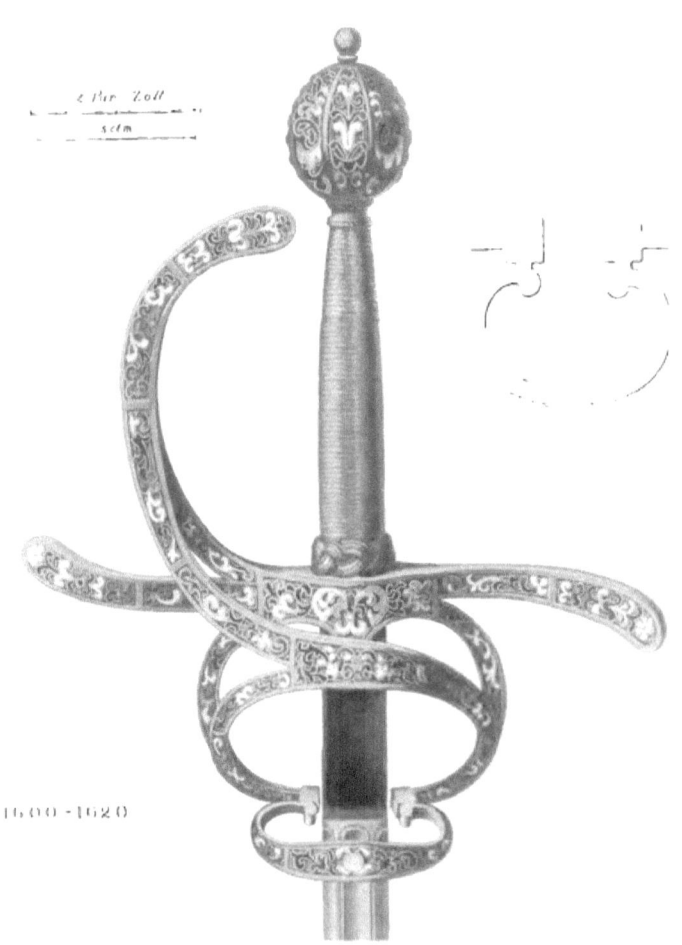

2 Par Zoll

5 ctm

1600-1620

1100   1120

A   B   C

D   E   F

G   H   I.

K   L   M

1280 – 1300

1280 —   1300

A   B

1580 — 1600

1400 — 1420

35 Cent.

ORIGINAL GROESSE.

I

F

G

C

D

H

A

B

1560   1580

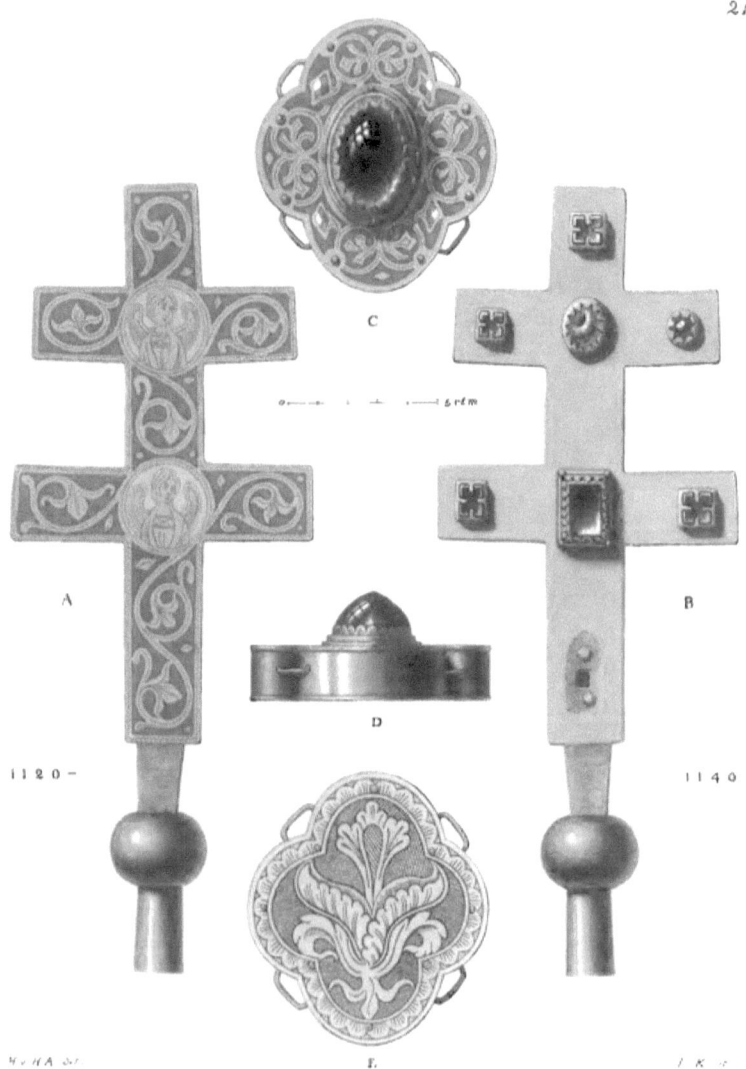

C

A   B

1120 —   1140

D

E

A

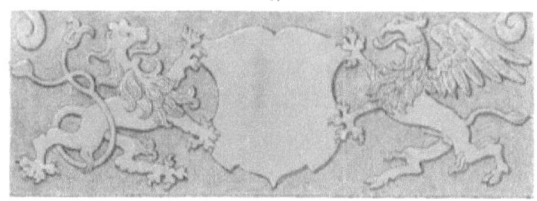

D

C

B

1595

4 Par Zoll

A

B

1160—1180.

6 Par Zell

1520 1540.

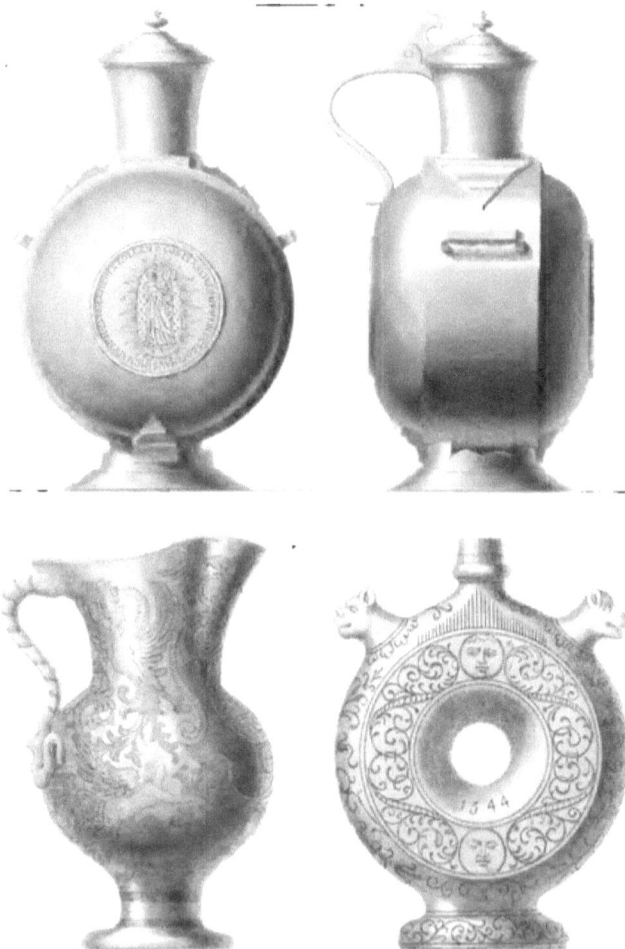

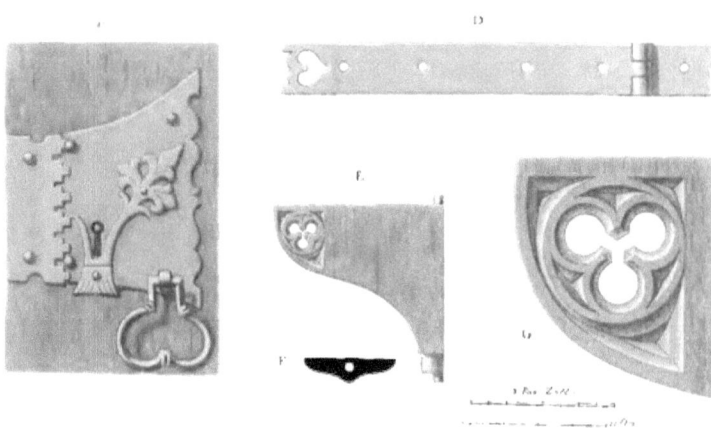

1460　1480

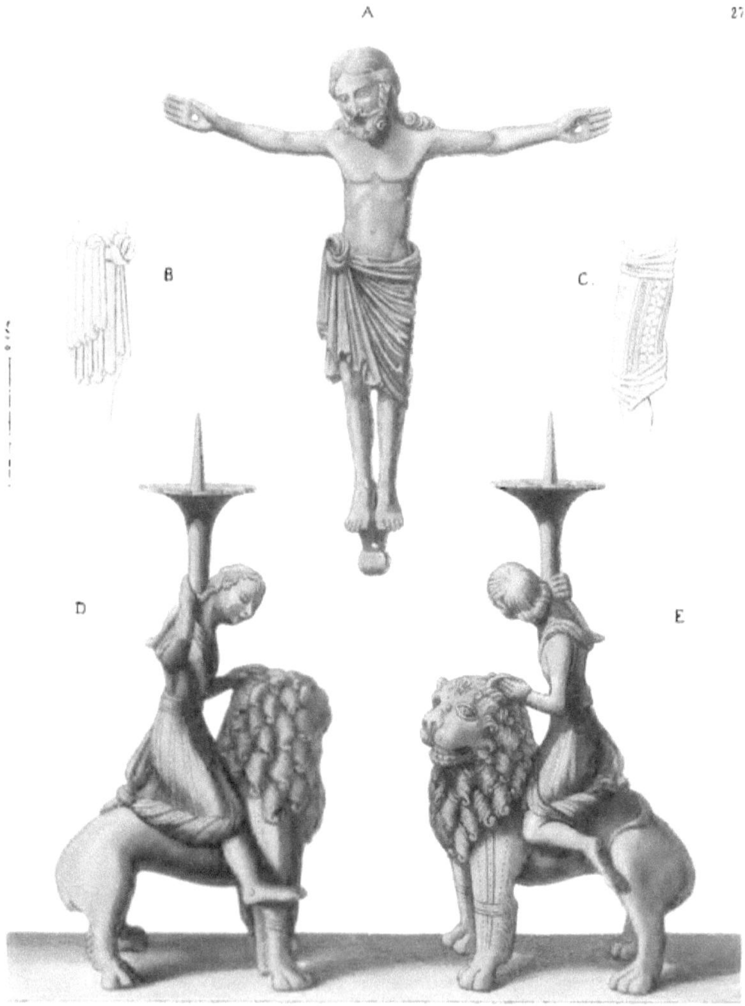

B

C

D

E

B   C

D

1250 1300

E

F.

1250   1300

1140 – 1160

1440 — 1460.

0 _____ 16 ctm.

1500 — 1670

C

B   A

D

ORIGINAL GROESSE.

1520 — 1540

ALTENECK. del.   J. KLIPPHAHN

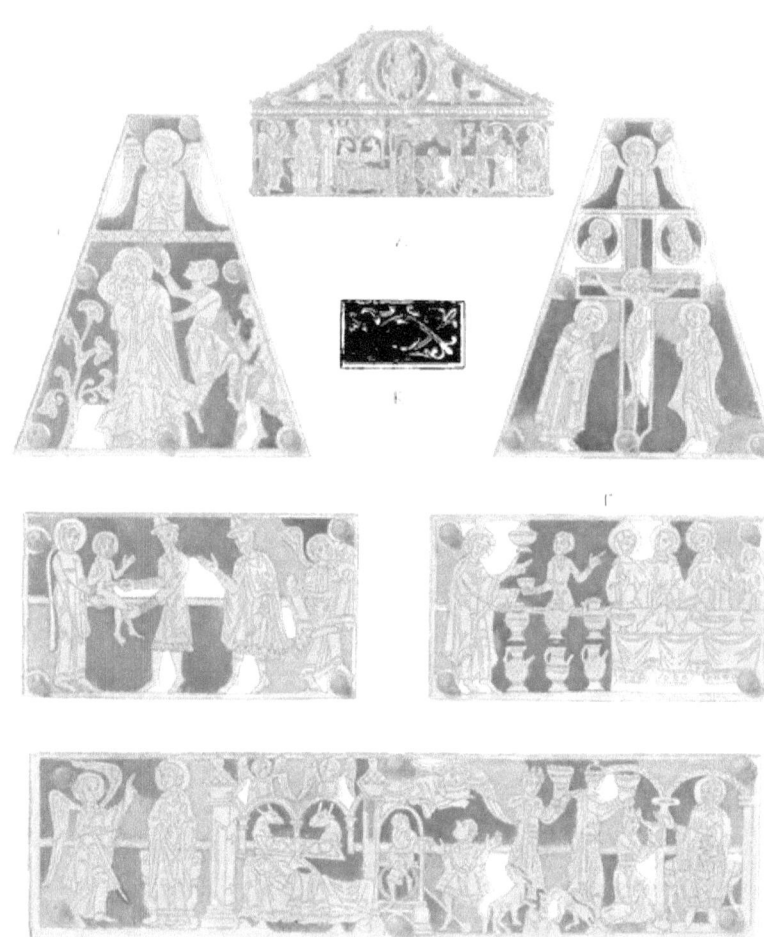

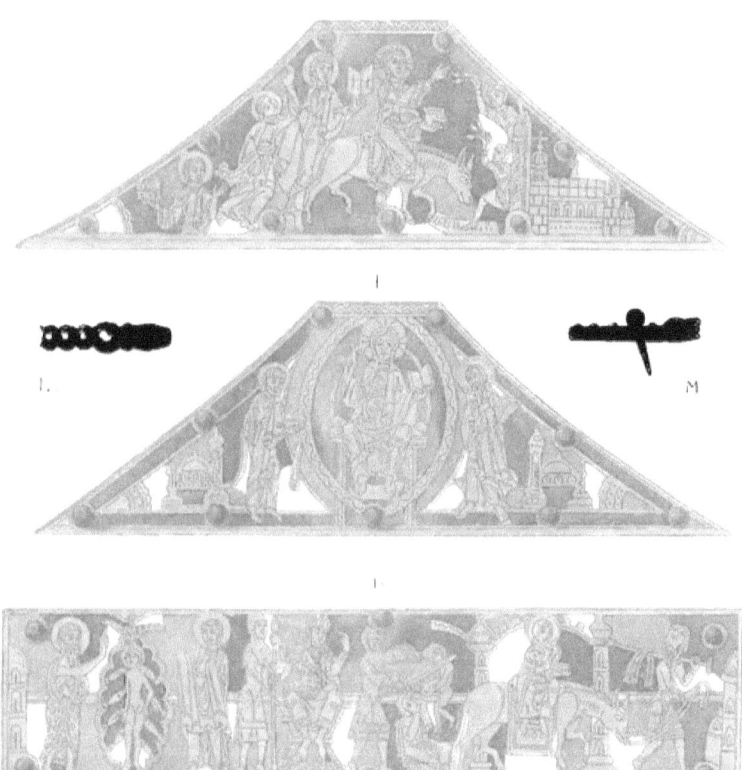

I.

I.   M

B

C.

D

E.

A

J. H. H. A. del.   1100 — 1120.   H. P. sc.

25 Cm

1480 — 1500

25 Cm

Taf. LIII.

25 Un

1450 — 1500

J.H.H.v.W.

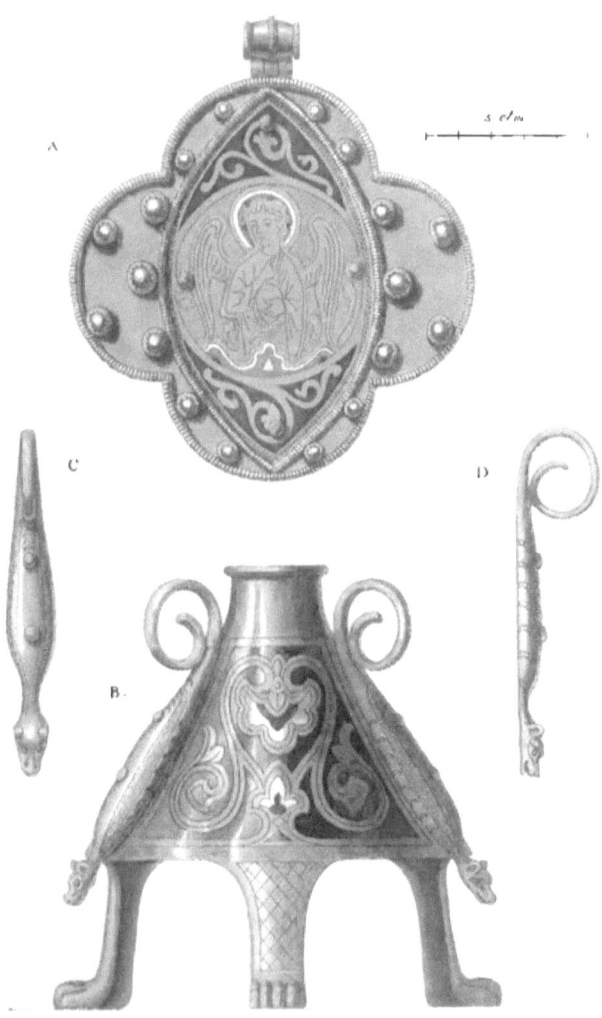

A

5 ctm

C

D

B.

Original Grösse

1530-1560.

A.

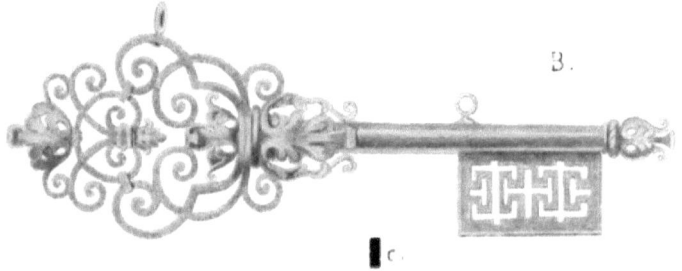

B.

C.

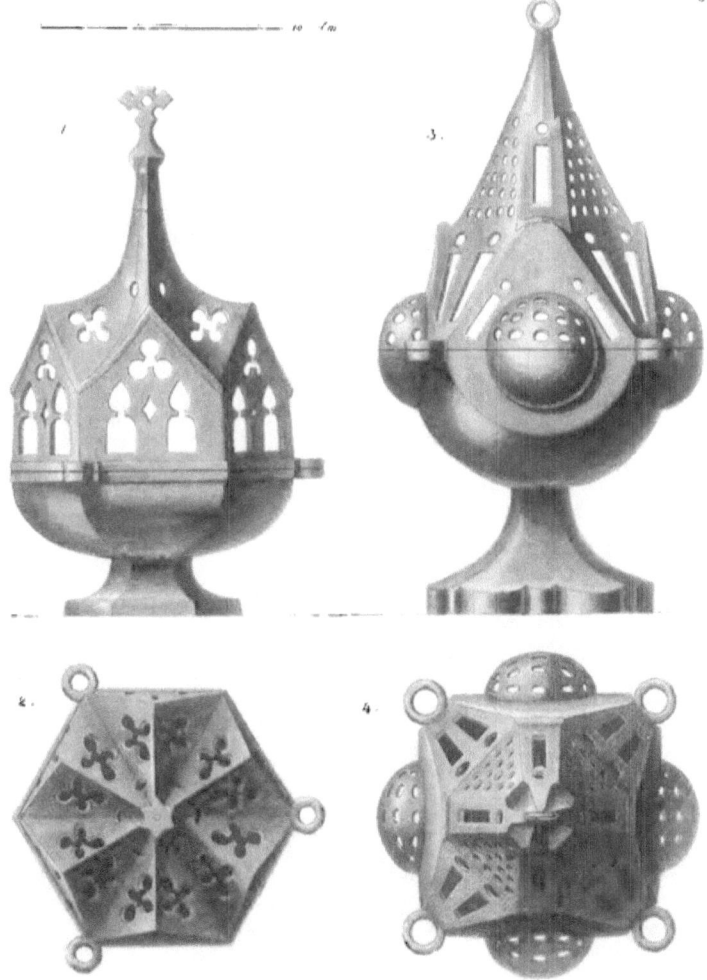

1820 - 1400.

A

B

C

D

E

F

G

A

0,10

F.

E.

G.

C

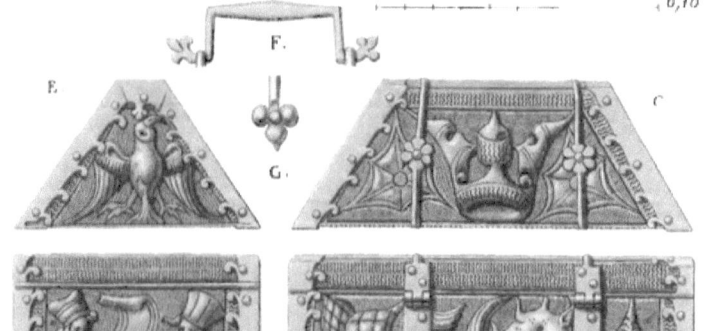

D

B

0,20

1400 1450.

1360 – 1400.

I. H. v. R. A. del.

D.

E.

1360 – 1400.